Clemens Bittlinger

Aufstehn, aufeinander zugehn

Clemens Bittlinger

Aufstehn, aufeinander zugehn

Das Clemens Bittlinger-Lesebuch

Brendow
VERLAG + MEDIEN

Bibliografische Information Der Deutschen Bibliothek
Die Deutsche Bibliothek verzeichnet diese Publikation in der Deutschen Nationalbibliografie; detaillierte bibliografische Daten sind im Internet über http://dnb.ddb.de abrufbar.

ISBN-10: 3-86506-134-6
ISBN-13: 978-3-86506-134-8

Einbandgestaltung: Georg Design, Münster
Titelfoto: Clemens Bittlinger
Fotonachweis: Creativ Collection
Satz: Hans Winkens, Wegberg
Druck und Bindung: Clausen & Bosse, Leck
Printed in Germany

www.brendow-verlag.de

Inhalt

Vorwort

Die beiden in sich einstürzenden Türme des World Trade Centers in New York am 11. September 2001 sind für mich wie ein Mahnmal, das sich tief in mein Herz und meinen Kopf »gebrannt« hat. Viele sprachen damals davon, dass die Weltgemeinschaft der vielen Völker, Kulturen und Religionen nun enger zusammenrücken müsse und dass es nun darauf ankomme, zu verstehen, wie der andere denkt und glaubt. Unmittelbar nach diesem Attentat wurde ein Interview mit dem Dalai Lama ausgestrahlt, in dem er sagte: »Dieser Moment ist eine große Chance für den Verzicht auf Gewalt!«

Wie wenig ist heute von dieser Nachdenklichkeit der ersten Stunde übrig geblieben. Von wegen »Verzicht auf Gewalt«, von wegen »Lernen, zu verstehen, wie der andere denkt« – die Großmacht USA hat scheinbar nichts gelernt aus dieser Krise, sondern spielt weiterhin die Weltpolizei mit klar erkennbaren eigenen Interessen. Weiterhin wurde und wird im großen Stil genau jene Saat ausgesät, die den unvorstellbaren Hass gebären konnte, aus dem die Attentäter des 11. September ihre Kraft und Inspiration schöpften.

»Wir wollen aufstehn, aufeinander zugehn, voneinander lernen, miteinander umzugehn.« – Dieses Lied habe ich 1995 für eine RTL-Osterrocknacht geschrieben. Diese war kombiniert mit der bundesweiten Aktion »Aufstehn, aufeinander zugehn«, einer Kampagne gegen Ausländerfeindlichkeit und Faschismus in unserem Land. Über die Jahre hinweg ist dieses Lied nun immer wieder in den unterschiedlichsten Kontexten aufgetaucht und verwendet worden. Es ist ein Lied, dessen Text mich selbst immer wieder infrage stellt und ermutigt, tatsächlich auf andere zuzugehen. Und so war es ein tolles Erlebnis, diesen Song

2003 auf dem 1. Deutschen Ökumenischen Kirchentag in Berlin vor dem Brandenburger Tor mit 40 000 Menschen zu singen. Es ist ein Lied der Ökumene, weil es auch uns Christen auffordert, immer wieder aufeinander zuzugehen und beieinanderzubleiben, auch wenn wir manches am anderen nicht verstehen oder verstehen wollen. Es ist doch ein Riesenkrampf, dass ausgerechnet jene, die (angeblich) »an der Liebe erkannt werden«, so aufgesplittert und mit theologisch-spitzfindigen Grabenkämpfen beschäftigt sind. Wenn wir Christen es untereinander noch nicht einmal schaffen, die Einheit im Blick zu haben, wie soll dann Frieden und Verständigung zwischen den Weltreligionen möglich sein? »Jeder hat was einzubringen, diese Vielfalt wunderbar, neue Lieder wolln wir singen, neue Texte laut und klar!« Ich möchte lernen, mich immer mehr an der Vielfalt zu freuen, und nach immer neuen Wegen suchen, die wir als Christen der unterschiedlichen Konfessionen gemeinsam gehen können.

Mit einem befreundeten muslimischen Ehepaar treffen wir (meine Frau und ich) uns einmal im Monat zu einem christlich-islamischen Hauskreis. Vielleicht sind wir bundesweit der einzige Hauskreis dieser Prägung und es ist absolut spannend. Wenn wir zusammenkommen, dann wird zunächst einmal gegessen und getrunken (kein Alkohol!) und viel palavert. Gastfreundschaft ist ein ganz wichtiges Element unseres Beisammenseins. Und während wir essen und reden kommen schon die ersten Themen auf den Tisch: Familie, Erziehung, Gottesbilder, aber auch Karikaturenstreit, sogenannte »Ehrenmorde« und Zwangsverheiratungen. Einmal saßen wir zusammen und unser Sohn Robin kam dazu. Er hatte in der Schule gerade den Islam durchgenommen und fragte die beiden: »Na, wie oft habt ihr heute schon gebetet?« Lachend und anerkennend antworteten sie: »Dreimal natürlich – noch zweimal dürfen wir und das Nachtgebet ist das Schönste, denn da ist es so ruhig und nichts stört einen.« Wenn dieser erste kommunikative Teil vorbei ist, wechseln wir meist in einen anderen (noch gemütlicheren) Raum, schlagen die Bibel und den Koran auf und lesen irgendeinen Abschnitt. Wir befragen einander: Wie lest ihr als gläubige Muslime den Koran, und erzählen, wie wir als gläubige Christen die Bibel lesen. Wir hören einander zu, weil wir verstehen wollen, wie der andere glaubt und denkt. Miteinander beten können wir nicht, denn wenn wir als Christen beten, haben wir ja immer auch Jesus und den heiligen Geist mit im Blick (nicht als zwei weitere Götter, sondern als zwei weitere Erscheinungsweisen, in denen sich Gott offenbart hat). Das ist für Muslime undenkbar. »Dass aus Fremden Nachbarn werden, das geschieht nicht von allein. Dass aus Nachbarn Freunde werden, dafür setzen wir uns ein.« Ich glaube, dass Hans Küng recht hat, wenn er sagt: »Es gibt keinen Weltfrieden ohne einen Religionsfrieden«, und ich finde es spannend und beglückend, engagierten und gebildeten Muslimen auf diese Weise freundschaftlich und regelmäßig zu begegnen. Wir lernen so viel auch über uns selbst. Ihre Herzlichkeit und ernsthafte Frömmigkeit macht auch unser Leben reicher.

»Aufstehn, aufeinander zugehn« ist auch der Titel dieses Buches. Hier haben wir (der Verlag und ich) nun die verschiedenen Texte und Textformen zusammengestellt, die ich in den vergangenen Jahren veröffentlicht habe. Da ist zunächst einmal das »Wort zum Alltag«, das ich zusammen mit sieben anderen Kollegen regelmäßig für die Fernsehzeitschriften Gong und BILD+FUNK schreibe. Bei dieser Kolumne geht es in erster Linie darum, ein alltägliches Thema mit einer biblischen Aussage so zu verbinden, dass auch jemand, der nicht (mehr) in die Kirche geht, daraus einen geistigen Gewinn oder Genuss ziehen kann. Eine Aufgabe, die mir Spaß macht und die mich zwingt, mich kurzzufassen. Des Weiteren haben wir in diesem Buch eine Auswahl der vielen Lieder- und Lyriktexte meiner CDs und kleinere Aufsätze thematisch geordnet und zusammengestellt. Manche der »kleineren Aufsätze« sind auch aus Konzertansagen zu den einzelnen Liedern entstanden.

Und schließlich haben wir noch einige der Predigten mit dazugenommen, die im Zusammenhang mit meinen Konzertprogrammen entstanden sind. Und so halten Sie nun, liebe Leserin, lieber Leser, einen ziemlich repräsentativen Querschnitt meiner »Schreibarbeit« in Händen. Ich wünsche Ihnen viel Freude beim Schmökern und Lesen und wenn Sie hie und da den Wunsch verspüren, aufzustehen und auf andere zuzugehen, dann lassen Sie sich schmunzelnd befragen: Was hindert Sie »eigentlich« daran, es auch umzusetzen?

Mit herzlichen Grüßen
Ihr Clemens Bittlinger

Alltägliches, beim Wort genommen

»*Bitte recht freundlich!*«

»Bitte recht freundlich!«, hieß es früher immer, wenn man beim Fotografen saß, um sich wieder einmal aktuell ablichten zu lassen. Alle zwei bis drei Jahre sollte man und frau schon ein neues und frisches Passbild von sich machen lassen. Doch von wegen »Bitte recht freundlich!« Die Zeiten sind vorbei. Laut einer neuen Verordnung soll der deutsche Bundesbürger auf seinem Passbild normal bis neutral in die Kamera schauen, auf keinen Fall soll er lächeln und schon gar nicht lachen oder gar grinsen.

»Typisch deutsch«, dachte ich, als ich diese Nachricht kürzlich im Radio hörte. Aber auch sehr aufschlussreich: Es bedeutet doch, dass der oder die Deutsche im Normalfall nicht lächelt oder gar lacht. Wenn wir normal bis neutral aussehen, dann blicken wir offensichtlich eher gelangweilt in die Kamera – in keinem Fall »glücklich«. Das scheint zu passen: Auf einem Kongress in Münster zum Thema »Glück« wurde vor einigen Jahren gar behauptet, wir Deutsche seien geradezu verliebt in unser Unglücklichsein.

»Die Freude am Herrn ist meine Kraft«, heißt es in der Bibel. Und das Neue Testament heißt im Lateinischen »Evangelium«, und das bedeutet »frohe Botschaft«. Die Bibel ist ein Buch, das uns ermuntert, froh zu sein und die Freude als eine Kraft zu erleben, die uns hoffnungsvoll und engagiert die Gegenwart und Zukunft dieser Erde gestalten lässt. Also doch: »Bitte recht freundlich!«? Aber ja, und vielleicht können wir ja auch auf unseren Passfotos zumindest mit den Augen ein wenig lächeln.

Das Wort zum Alltag (Gong)

Die Weisheit der Alten

»Wenn das Wasser zurückweicht, müsst ihr fliehen ...« Diese Worte hatte der alte Häuptling in Erinnerung. Diesen Satz hatte er des Öfteren von den Alten seines Stammes gehört. Und nun geschah es eines Tages, plötzlich zog sich das Wasser zurück. Der alte Häuptling rannte zu seinen Stammesgenossen und schrie: »Flieht! Alle! Sofort! In die Berge!« Jeder und jede schnappte die Kinder, ließ ansonsten alles stehen und liegen und rannte ins Inselinnere. Keinem einzigen Mitglied dieses Stammes wurde auch nur ein Haar gekrümmt, als die große Welle kam.

Eine kurze Reportage unter den vielen erschütternden Berichten über die große Flutkatastrophe erzählte diese Begebenheit.
Wo sind unsere alten, weisen Menschen, die mehr wissen als wir Jüngeren, habe ich mich spontan gefragt. Wo sind die mit Würde alt Gewordenen, die das Wohl unserer Gemeinschaft im Blick haben und hellhörig das reflektieren, was um uns herum geschieht?
Wo sind die natürlichen Frühwarnsysteme unserer Gesellschaft?
Es gibt sie nicht mehr und wenn es sie gibt, beachten wir sie nicht.

»Vor einem grauen Haupt sollst du aufstehen und die Alten ehren«, wie fremd klingt dieses Zitat aus dem Alten Testament in unseren Ohren. Wie sehr haben wir uns in einer dem Jugendwahn verfallenen Zeit daran gewöhnt, das Alter als Problem und nicht als Krone eines guten und erfüllten Lebens zu verstehen. »Wenn das Wasser zurückweicht, müsst ihr fliehen ...« – ohne die wache Erinnerung eines sensiblen alten Mannes wäre ein ganzes Volk ertrunken.

Das Wort zum Alltag (Gong)

Gerechtigkeit

Auf einem großflächigen, bunten Plakat lächeln und strahlen mich Menschen an und winken mir zu. Irgendetwas irritiert mich an diesem Plakat, doch erst auf den zweiten Blick entdecke ich es: Die Gruppe, die mich da so fröhlich begrüßt, besteht aus lauter behinderten Menschen. Neugierig lese ich die Überschrift: Gerechtigkeit vor Gottes Angesicht – eine Einladung zum Deutschen Katholikentag.

»Mutig«, dachte ich, »und ungewöhnlich, dass man Behinderte als Werbeträger benutzt.« Doch je länger ich darüber nachdachte, desto besser fand ich die Idee. Ein behindertes Fotomodell stellt sich unserem ästhetischen Empfinden genauso quer wie das Thema Gerechtigkeit unserem Gewissen. Denn: Wir leben in einer ungerechten Welt und haben uns damit abgefunden, dass es solche gibt, denen es gut geht, und andere, denen es nicht so gut geht.

»Für den Christen ist Gerechtigkeit nur der Anfang der geschwisterlichen Liebe«, hat die engagierte Streetworkerin Madeleine Delbriel einmal gesagt. Dazu möchte uns der Deutsche Katholikentag herausfordern, dass wir die Gerechtigkeit in unserem Umfeld und in unserer Gesellschaft neu in den Blick bekommen und zum Beispiel dafür sorgen, dass behinderte und nicht behinderte Menschen einander auf Augenhöhe begegnen.

Das Wort zum Alltag (Gong),
zum Deutschen Katholikentag 24. – 28. Mai 2006

»Geiz ist geil«

Edward Reid starb im Alter von 85 Jahren – und als echter Schotte. Der Junggeselle lebte allein in einem heruntergekommenen Schuppen ohne Heizung. Sein einziger Luxus war ein Auto, ein verbeulter Fiesta. »Geiz war sein Leben«, hieß es in den nüchternen Nachrufen und umso größer war die Überraschung bei der Testamentseröffnung. Reid hinterließ mehr als 17 Millionen Pfund (also umgerechnet 27 Millionen Euro).

Damit war nicht unbedingt zu rechnen. So arm wirkte Edward Reid, dass mitleidige Nachbarn schon mal mit einer warmen Mahlzeit an die Tür klopften, was gerne akzeptiert wurde.

Neue Kleidung gab es prinzipiell nicht. Fiel die Hose auseinander, wurde sie ausgebessert. Das Auto nutzte der Schotte, um einmal im Jahr ans Meer zu fahren, in den Urlaub, wie es hieß. Die Küste war 17 Kilometer von seiner Behausung entfernt. Abends ging es wieder nach Hause.

Die hinterlassenen Millionen werden nun, nach dem britischen Erbrecht, auf drei entfernte Verwandte verteilt. Sie haben den Erblasser in 25 Jahren nur zwei Mal gesehen. Familienfeste kosten schließlich Geld.

»Geiz ist geil!«, lässt die Multimediakette Saturn eine junge Schönheit in einem Fernsehwerbespot brüllen. Und konnte aufgrund dieser scheinbar absurden Werbekampagne ihre Umsätze deutlich steigern, trotz allgemeiner Umsatzflaute. Endlich, so jubelte die Vereinigung »Geizkragen«, habe in dieser Werbung auch der letzte Verschwender mitbekommen: Sparen ist schlau und macht Spaß. Nun würde der »Geiz« (sprich die verschärfte Form von Sparsamkeit) in der Gesellschaft endlich salonfähig.

Die Formel »Gier ist gut« – mit der Michael Douglas alias Gordan Gecko im Spielfilm »Wall Street« Anhängern des Turbokapitalismus die Absolution erteilte – hat scheinbar ausgedient. An ihre Stelle ist die Parole »Geiz ist geil« getreten. Und wirklich, acht von zehn Befragten wollen ihren privaten Konsum in diesem Jahr einschränken, heißt es in einer Forsa-Studie, und wer überhaupt noch »Geld verjubeln« geht, versucht, sich wenigstens mit dem Hinweis »War aber ein Schnäppchen« zu rechtfertigen. In Deutschland, so scheint es, herrscht »Sparalarm«. Die Geschäfte werben mit »Tiefstpreisen«, die Handelsverbände beklagen ein nie da gewesenes »Rabattfeuerwerk« und die Bild-Zeitung ruft mal eben den »Schnäppchen-Samstag« aus. Und das alles, um die daniederliegende Kauflust zu erwecken.

»Geiz ist geil« – wirklich? Die Kehrseite des Ausverkaufs noch vor dem Schlussverkauf: Der Kunde wartet auf noch niedrigere Preise und kauft weniger statt mehr. Schon wabert das Gespenst einer Deflation durch die Medien – man munkelt von der »Aldisierung« einer ganzen Gesellschaft. Eine McKinsey-Studie über die europäischen Einkaufsgewohnheiten offenbart: Die Franzosen lieben die Vielfalt, die Engländer den Service – und die Deutschen den Preis. Rund 50 % aller europäischen Discounter befinden sich dementsprechend in Deutschland.

»Woran du dein Herz hängst, das ist dein Gott.« Dieses Zitat ist von dem Reformator Martin Luther überliefert. So gesehen sind wir ein Volk von Heiden, denn unsere Götter heißen Geld, Aktien und Immobilien.

»Geiz ist geil« – damit ein Wortspiel gelingt, versuchen Werbestrategen uns die Untugend »Geiz« als eine Tugend, nämlich die der »Sparsamkeit«, zu verkaufen. Schon beklagen Hilfsorganisationen wie Amnesty, CBM oder Care einen dramatischen Spendenrückgang – die Menschen sind nicht nur sparsam, sie werden geizig, und Geiz macht krank.

»Und wenn dich jemand bittet, eine Meile mit ihm zu gehen, dann gehe du zwei Meilen mit ihm, und wenn dich jemand um dein Hemd bittet, dann gib ihm auch noch den Mantel dazu«, hat Jesus von Nazareth einmal gesagt. Er ermuntert uns, großzügig, hilfsbereit und eben nicht kleinlich und geizig zu sein. Die Welle von Hilfsbereitschaft anlässlich der Jahrhundertflut lässt hoffen, dass wir uns von der Werbung nicht für dumm verkaufen lassen, und ermutigt uns zu einem offenen, dem anderen liebevoll zugewandten Lebensstil.

»Geiz macht krank«, und die Aufforderung zu noch mehr Egoismus und zu noch mehr sozialer Kälte – die brauchen wir am allerwenigsten. »Geiz macht krank«, und geizige Menschen enden wie Edward Reid, einsam, unbehaglich und letztendlich weltfremd. So möchte ich nicht leben, lieber verschenke ich das letzte Hemd und spüre: Es tut gut, anderen zu helfen. Lieber spende ich den letzten Euro und fühle: Es macht Spaß, zu teilen. Lieber trenne ich mich von lieb gewordenen Gegenständen und merke: Es befreit, Dinge zu verschenken.

Arm und reich

Wir sind arm,
wir sind reich.
Unser Reichtum
bezeugt unsere Armut,
denn es ist Geld, was wirklich zählt:
Zahlen, Bilanzen,
Wachstumsraten,
Einkauf, Verkauf,
Ausverkauf!

Bei Geld
hört
der Spaß
auf!

Wir können alles kaufen,
und so kaufen und verkaufen wir,
und verkauft mal einer nicht,
kaufen wir ihm das nicht ab
(der ist bestimmt gekauft).
Wir sind verkauft –
verraten und verkauft.

Wir nennen es Reichtum,
wenn einer Geld hat.
Geld zerstört Reichtum:
das unbefangene Lachen,
das weiche Gesicht,

die Wunder der Schöpfung –
Geld macht gierig.

GELD
MACHT
GIER

Wir sind arm,
denn
wir sind reich.

»Nimm einem Armen
das Letzte, was er hat –
und schenke es einem Reichen,
denn der braucht es
dringender.«

Indisches Sprichwort

Beflügelnde Worte

»Jeder macht seins!« Dieses Motto prangt über dem Eingang einer Gaststätte, in der ich hin und wieder zu Abend esse. Und wenn ich dann abgespannt und vielleicht ein wenig genervt dasitze, weil ich mit irgendetwas mal wieder nicht zufrieden bin, dann hilft mir manchmal dieser Spruch und ich proste ihm zu und denke: »Ja genau, und jetzt hör auf zu grübeln und sei froh darüber, dass du ›deins‹ machen darfst.«

Haben Sie auch so ein Lebensmotto, das Sie ab und zu »zurück in die Spur weist«? Es muss ja nicht gleich das etwas platte »Alles wird gut« einer Nina Ruge sein. Wie wäre es denn mit einem Satz aus dem Dschungelbuch, wo Balu der Bär singt: »Probier's mal mit Gemütlichkeit!«, oder dem Lebensmotto von Friedrich Nowottny: »Friedrich, nimm dich nicht so ernst!«

Ich finde es schön, wenn solch ein Leitspruch etwas Entspannendes hat. Und da gefällt mir persönlich der Spruch »Im Zweifelsfall: großzügig« besonders gut. Ein Motto, das mir schon in vielen Situationen ein guter Berater war. Oft neigen wir dazu, rechthaberisch und kleinkariert auf andere zu reagieren – wie schön ist es dann, wenn ein kleiner luftiger Gedanke uns beflügelt, erinnert und befreit: Im Zweifelsfall: großzügig!

Das Wort zum Alltag (Gong)

»Fluch und Segen«

An keinem anderen Ort in Deutschland kann man so oft und regelmäßig beobachten, wie ganz normale Zeitgenossen plötzlich komplett ausrasten, wie auf der Autobahn. Da befindet man sich in einem ganz normalen Überholvorgang auf der linken Spur, überholt die Autos rechts neben sich zügig und plötzlich kommt von hinten einer angebraust. Mit Lichthupe, gesetztem Blinker und wilder Gestikulation versucht jemand, sich Platz zu schaffen und mich beiseitezudrängen. Fährt man dann rüber in eine Lücke, zeigt einem der Drängler womöglich noch den Vogel und drückt auf die Hupe.

Immer wieder kann man Berichte darüber lesen, dass Verkehrsteilnehmer zu regelrechten Verkehrskontrahenten werden, die sich gegenseitig anstacheln und aggressiv hochschaukeln.
Wilde Beschimpfungen, gegenseitiges Ausbremsen bis hin zum Rammen und zu einer gezogenen Pistole signalisieren dabei nur die Spitze eines Eisberges: An kaum einem anderen Ort werden Mitmenschen, oft aus Bagatellgründen, so wüst beschimpft und beleidigt wie beim Autofahren. Nur: Es bleibt meist in den vier Wänden des privaten Pkw – wenn die aber erzählen könnten …

Ich weiß ja von mir selbst, wie schnell ich im Auto wütend auf andere reagiere. Doch da fällt mir ein Jesuswort ein, und das heißt: »Segnet die, die euch verfluchen.« Das habe ich auf meinen letzten Fahrten einmal ausprobiert. Wenn mich wieder einer so rüpelhaft behandelt hat, bin ich eben nicht auch auf die Hupe gegangen und habe ihm nicht ebenfalls den Vogel gezeigt, sondern ich habe ihm alles Gute und mehr Ruhe gewünscht und ihn für seine weitere Reise gesegnet. Und dann geschah etwas sehr Erstaunliches: Ich blieb selber ruhig, war nicht mehr aggressiv und ließ mich auch nicht anstecken von dem pöbelnden Verhalten des anderen. So kann uns die Bibel ganz praktisch helfen, zu leben.

Das Wort zum Alltag (Gong)

Sicher ist sicher

Jedes Jahr wird in den USA der Stella-Liebeck-Preis verliehen. Stella Liebeck, das ist jene Dame, die sich bei McDonalds mit heißem Kaffee verbrühte und daraufhin den Konzern auf 4,5 Millionen US-Dollar Schadenersatz verklagte und gewann. Der Stella-Liebeck-Preis kürt nun die kuriosesten Versicherungsfälle in den USA und der absolute Gewinner in den vergangenen Jahren war Mister Merv Grazinski. Der Wohnmobilhersteller Winnebago MotorHomes musste ihm nicht nur ein neues Wohnmobil, sondern auch 1 750 000 US-Dollar Schmerzensgeld bezahlen. Mister Grazinski hatte den Tempomat seines Gefährts auf 55 Meilen eingestellt und den Fahrersitz verlassen, um sich einen Kaffee zu gönnen. Prompt kam das Wohnmobil von der Straße ab und überschlug sich. In der Betriebsanleitung des Wohnmobils sei nicht darauf hingewiesen worden, dass man auch bei eingeschalteter Tempomatik nicht den Fahrersitz verlassen dürfe, begründete er seine Klage – und bekam recht.

»Die Leute glauben nicht mehr an Gott, deshalb trauen sie der Zukunft nicht mehr«, hat jemand neulich mal gesagt. Mag sein, in jedem Fall gilt: Versicherungen, das ist das Geschäft mit der Angst, und je mehr Ängste wir haben, desto mehr Versicherungen gibt es, die uns angeblich diese Ängste nehmen. Nur gegen die eigentlichen Gefahren können wir uns nicht versichern – gegen Dummheit zum Beispiel. Aber es gibt auch keine Versicherung, die uns vor dem Tod bewahrt, es gibt keine Versicherung, die uns vor einer Ehescheidung bewahrt – da müssen wir selber ran und mit aller Kraft, Weisheit, Verantwortungsbewusstsein und im Vertrauen auf Gott die Zukunft einfach wagen und meistern.

Das Wort zum Alltag (Gong)

Niemals waren wir so sicher

Niemals waren wir so sicher,
niemals waren wir so bang,
irgendetwas könnt passieren.
So entstand in uns der Drang,
uns beständig zu versichern,
gegen dies und gegen das,
denn wir haben, das ist sicher,
immer Angst vor irgendwas.

Jemand könnte plötzlich sterben,
irgendjemand fällt vom Dach,
ja, das Leben ist gefährlich,
darum nimm dich gut in Acht.
Schon das Straßeüberqueren
kann ruck, zuck ins Auto gehn.
Das kann man ja täglich hören,
so was kann ganz schnell geschehn.

Jemand könnte Sie berauben,
jemand schlägt das Fenster ein,
jemand könnte sich erlauben,
ungebetner Gast zu sein.
Kein Problem: Alarmanlagen
sichern alles hint' und vorn.
Und sollt einer es doch wagen,
bliebe er nicht ungeschorn.

Agenturen machen Kasse
und versichern jedermann,
dass der nicht mehr alle Tassen
im Regale haben kann,
der sich nicht in allen Lagen
gut und voll versichert weiß
und für alle Lebensplagen
zahlt den Preis der Sicherheit.

Schwarzenegger – weise Männer braucht das Land

Nun ist es also tatsächlich passiert – der Terminator, Mister Universum, das amerikanische Kraftpaket aus Österreich ist Gouverneur des Bundesstaates Kalifornien geworden. »So etwas kann auch nur in Amerika passieren«, denkt nun vielleicht die eine oder der andere. Und in der Tat: Die Karriere des Arnold Schwarzenegger ist in vielerlei Hinsicht bizarr, faszinierend und gleichzeitig bezeichnend für das »Land der unbegrenzten Möglichkeiten«.

»Nun ist schon wieder ein Schauspieler Politiker geworden«, stöhnten denn auch seine Kritiker und Ex-Mister-Universum konterte sogleich, dies sei das erste Mal, dass seine Gegner ihn der Bezeichnung »Schauspieler« für würdig empfänden …

Dabei tritt der politische Newcomer kein leichtes Erbe an, denn den maroden Bundesstaat Kalifornien zu reformieren und politisch wie ökonomisch auf die richtige Bahn zu bringen, bedarf eines gewaltigen Kraftaktes. Wohl auch deshalb haben die Bürger des »Sonnenscheinstaates« einen handfesten Muskelprotz gewählt, einen, der – zumindest im Film – nicht viele Worte macht, sondern anpackt und wenn nötig auch kräftig austeilt. »So einen brauchen wir auch …«, titelte denn auch gleich eine große deutsche Boulevardzeitung – und schwupps, da war er mal wieder: der Ruf nach dem starken Mann.

»Man soll nicht Narren über Eier setzen«, hat der Reformator Martin Luther einmal gesagt. Man muss, gerade wenn es um das Gemeinwohl eines Staates geht, sehr gut darauf achten, wen man mit welchen Aufgaben betraut, und »Eier ausbrüten« ist nun mal, ähnlich wie politisches Geschick, eine äußerst sensible Angelegenheit.

Im Alten Testament gibt Moses seinem Volk eine genaue Beschreibung für politische Führungsqualitäten: »Schafft herbei weise, verständige und erfahrene Männer … die will ich an eure Spitze setzen …«

Das wäre doch mal ein Maßstab, an dem wir uns orientieren könnten: weise, verständige und erfahrene Männer und Frauen, die wirklich bereit sind, das »Gemeinwohl« über das »Eigenwohl« zu setzen.
Doch schon vor gut 500 Jahren hielt Luther vergeblich Ausschau nach solchen Qualitäten (Ausnahmen bestätigen auch hier die Regel) und entdeckte gerade in der politischen Führung des Landes jede Menge »ruhmeifrige, stolze Esel«. Zu welcher Kategorie Arnold Schwarzenegger gehören wird, kann man im Moment nur erahnen – was wir hier bei uns brauchen, ist klar: weise, verständige und erfahrene Menschen, die parteiübergreifend und mit uns allen gemeinsam unser Land wieder in Schwung bringen.

Das Wort zum Alltag (Gong)

»Ihr sollt ein Segen sein«

Als ich im zarten Alter von 18 Jahren in der Innenstadt von München meinen ersten Autounfall »gebaut« habe, hat mich das nachhaltig beeindruckt. Beim Rechtsabbiegen hatte ich einen nicht gerade unauffälligen Stadtbus glatt übersehen und gerammt. Noch heute, viele Jahre später, höre ich das dumpfe Knirschen der beiden Karosserien. Manche Ereignisse beeindrucken uns nachhaltig. Die Bilder des 11. September 2001 zum Beispiel, die beiden brennenden und dann in sich einstürzenden Türme des World Trade Centers in New York, gehören sicherlich zu jenen Ereignissen, die uns alle tief erschüttert und die das Weltgeschehen nachhaltig beeinflusst haben.

»Nachhaltigkeit« ist eines der Wörter, die in den letzten Jahren zunehmend an Bedeutung gewonnen haben. Gemeint ist damit, dass etwas lange anhält und weit in die Zukunft wirkt. Dahinter steckt die Erkenntnis, dass die Art und Weise, wie wir uns heute verhalten, langfristige Auswirkungen in der Zukunft haben wird. Deshalb fordern Experten heute eigentlich in allen Bereichen vor allem »Nachhaltigkeit«, natürlich im positiven Sinne. Es gibt viele drängende Probleme und Fragen im Umweltschutz, in der Entwicklungshilfe, in der Wirtschaft oder der Bildung. Und überall müssen wir heute so handeln, dass unsere Nachkommen in 50 oder 100 Jahren gut oder vielleicht sogar besser und gesünder leben können als wir.

»Ihr sollt ein Segen sein!«, ruft uns der Psalmist des Alten Testamentes zu. Und was zunächst wie ein spröder, moralischer Appell daherkommt, birgt in Wirklichkeit eben jene Ermutigung zur »Nachhaltigkeit«, denn das steckt hinter dem Begriff »Segen«. Als Gott zu Abraham sprach: »Ich will dich segnen und du sollst ein Segen sein«, war dies der Beginn einer sehr, sehr langen und wundersamen Entwicklung, aus der schließlich das Volk Israel, das Judentum und letztendlich auch das Christentum hervorgegangen sind.

»Ihr sollt ein Segen sein!«, heißt die Losung des 1. Deutschen Ökumenischen Kirchentages. Das wäre doch was, wenn wir in unserem ganz alltäglichen Leben nicht mehr nur das eigene Wohl, sondern auch das Wohl unserer Gesellschaft, das Wohl anderer Länder und das Wohl der guten Schöpfung Gottes im Blick hätten. Es liegt an uns: Nachhaltiges Leben beginnt im Kleinen und bei jedem Einzelnen – uns und dieser Welt zum Segen.

Das Wort zum Alltag (Gong)

Erfrischung gefällig?

An heißen Sommertagen zieht es die meisten ins Schwimmbad oder an einen Badesee. Wenn die Hitze so richtig »steht«, die Kleider gewissermaßen an einem kleben und man eigentlich auf nichts so richtig Lust hat – dann einzutauchen in das kühle Nass und einfach ein paar Runden zu schwimmen, das ist herrlich und total erfrischend. Auch bei den Getränken ist, wenn jemand wirklich Durst hat, ein gutes, kühles Mineralwasser kaum zu überbieten. Das tut gut. Und wenn man dann beides kombiniert, fühlt man sich so richtig von innen und von außen erneuert und erfrischt.

Wasser ist Leben

»Er führt mich zum frischen Wasser ...«, lesen wir im Psalm 23, ein schönes und erfrischendes Bild. Wussten Sie, dass die Oberfläche unseres Planeten zu 70 % aus Wasser besteht? Wussten Sie, dass unser Körper zu 98 % aus Wasser besteht? Und wussten Sie, dass die Versorgung der Weltbevölkerung mit Wasser in Zukunft eine der größten Herausforderungen an die Menschheit sein wird? »Frisches Wasser« bedeutet Leben und »kein frisches Wasser« bedeutet Krankheit, Sterben, Wüste. In manchen Ländern der sogenannten Dritten Welt gibt es zwar Wasser, aber es ist verschmutzt, so sehr verschmutzt, dass es die Menschen krank macht. Sie merken, »frisches Wasser« ist Luxus.

Halb voll

Das, was wir für selbstverständlich halten, nämlich, dass wir morgens aufstehen, uns duschen, die Zähne putzen und die Klospülung betätigen – jeweils mit frischem Trinkwasser –, bedeutet für andere Länder einen kaum vorstellbaren Überfluss. Manchmal versinken wir in Selbstmitleid und jammern. Manchmal sehen wir nur das halb leere und nicht mehr das halb volle Glas. Dann tut es gut, sich daran zu erinnern, es geht uns besser, als wir denken: »Er führt mich zum frischen Wasser!«

Ein Scherz am Rande: Vor Ihnen steht ein Glas, das zur Hälfte mit Wasser gefüllt ist. Der Pessimist sagt: »Das Glas ist halb leer!«, der Optimist sagt: »Das Glas ist halb voll!«, der Designer sagt: »Das Glas ist zu groß!« ☺

Das Wort zum Alltag (Gong)

Leben aus Gottes Kraft

Unser Land scheint eigenartig müde und kraftlos geworden zu sein. Ich mag schon gar keine Nachrichten mehr hören oder lesen – sie wiederholen sich seit Monaten und Jahren: steigende Arbeitslosigkeit, unsichere Zukunft der Renten, wenig oder gar kein Wirtschaftswachstum, Neuverschuldung usw. Dringend notwendige Reformen werden nur zaghaft angepackt oder scheitern am Widerstand der Opposition oder an einer starken Lobby. Deutschland steckt in einem trägen Reformstau und kommt einfach nicht in Fahrt. Was kann man da machen, woher bekommen wir Lust, Fantasie und neue Kraft, die Welt, in der wir leben, neu und gerecht zu gestalten?

Hoffnung in der Krise

Mitten in dieser zögerlich-trägen Atmosphäre unserer Gesellschaft lässt mich die Losung des 95. Deutschen Katholikentages aufhorchen: »Leben aus Gottes Kraft«. Zehntausende von Menschen kamen im Juni 2004 in Ulm zusammen, um miteinander zu diskutieren, zu singen und zu beten und um der Frage nachzugehen: Wie können wir aus unserem christlichen Glauben Mut und neue Hoffnung für uns und diese Welt schöpfen? Krisenzeiten sind die Nagelproben für den Glauben – das wissen wir aus der Bibel, aber auch aus der Geschichte. Nur weil es auf Gott vertraute, konnte das Volk Israel 40 Jahre in der Wüste aushalten. Nur weil ihnen der Glaube an ein Land, »in dem Milch und Honig fließen«, Mut und Kraft gegeben hat, konnten die Israeliten damals aufbrechen und die Wüste durchwandern. Und im Vertrauen auf ihren Gott machten sie die Erfahrung: Gott ist da und versorgt uns – wir sind ihm nicht egal.

Erfolgsstory Wüstenzeit

Vielleicht befindet sich ja unsere Wohlstandsgesellschaft heute auch in so einer Art Wüste, einem Ort, an dem es nicht so recht weitergehen will und die Stimmen der Resignation immer lauter werden. Vielleicht befinden sich ja auch unsere Kirchen in so einer Art Wüste, in der wir nur noch auf Kirchenaustritte und geringere Steuereinnahmen starren und dabei erstarren. Vielleicht möchte Gott ja mitten in dieser Wüste uns Mut machen und neue Kraft geben und vielleicht haben wir nur verlernt, mit seiner kraftvollen Gegenwart zu rechnen. Eine solidarische Gemeinschaft, Bescheidenheit und der feste Glaube an eine gute Zukunft waren die Tugenden, die diese 40-jährige Wüstenzeit zur Erfolgsstory werden ließen. Da könnten wir einiges lernen!

Das Wort zum Alltag (Gong)

Eigentlich

Manchmal benutzen wir Wörter, die schlicht und ergreifend überflüssig sind. Das Wörtchen »eigentlich« zum Beispiel. »Eigentlich bin ich zu dick. Eigentlich müsste ich mal eine Diät machen. Eigentlich hätte ich gerne mehr Zeit für die Familie – usw.« Streichen Sie das Wörtchen »eigentlich« und Sie kommen zu einer klaren Aussage. Die Frage ist nur: Wollen wir das überhaupt oder dient so ein Wörtchen wie »eigentlich« nicht gerade dazu, dass wir zwar einerseits feststellen, dass es da ein Problem gibt, wir aber andererseits gleichzeitig signalisieren wollen, dass wir nicht bereit sind, etwas zu ändern? Wenn das so ist, warum erwähnen wir es dann überhaupt? Achten Sie doch einmal auf sich selbst und Ihr Umfeld – Sie werden staunen, wie oft Ihnen »eigentlich« begegnet.

Mal ehrlich ...

Ursprünglich war dieses Wörtchen einmal gedacht, um das Wesentliche zu sagen, also im Sinne von »wenn ich einmal ehrlich zu mir selbst bin ...«, aber das sagt natürlich heute keiner mehr so, denn dann würde man ja offen zugeben, dass man sehr oft nicht ehrlich zu sich selbst ist und sich selbst und anderen etwas vormacht. Es passt in unsere moderne Konsumgesellschaft, in der wir, sei es in der Werbung oder in der Boulevardpresse, uns gerne etwas vormachen und einreden lassen, dass wir sehr oft ein Wörtchen benutzen, das entgegen seiner ursprünglichen Bedeutung nun signalisiert: »Das, was ich jetzt sage, sage ich halt einfach mal so – ändern will ich aber nichts ...« Wir machen uns was vor.

Ja, ja oder Nein, nein

Gleich zu Beginn der sogenannten Bergpredigt sagt Jesus: »... eure Rede sei: Ja, ja (oder) Nein, nein. Alles, was darüber hinausgeht, ist von Übel ...«, und er fordert uns heraus, »nicht um den heißen Brei herum zu reden«, sondern Fragen und Probleme, die uns beschäftigen, tatsächlich und ohne Umschweife anzugehen. Er sagt es uns Menschen, die wir uns »zur Not« gerne mit Halbwahrheiten und unverbindlichen Äußerungen aus der Affäre ziehen. Wie schön wäre das, zum Beispiel auch in der Politik, wenn wir untereinander eine verbindliche und klare Sprache finden würden und man sich eben nicht allzu oft fragen müsste: Was will der mir »eigentlich« sagen?

Das Wort zum Alltag (Gong)

Eigentlich II

»Eigentlich« gibt es eigentlich nicht,
weil es eigentlich gar nichts gibt,
was dem Wörtchen »eigentlich«
sinngemäß entspricht.

Eigentlich würd ich gern malen,
sagte sie ihr Leben lang,
widerstand oft unter Qualen
ihrem künstlerischen Drang.
Immer sprach sie nur davon
»eigentlich« und dann und wann
und hat nie damit begonnen,
fing niemals zu malen an.

Eigentlich bräucht unsre Ehe
eine gute Therapie,
weil wir uns nicht mehr verstehen
und einander entziehn.
Unser Bett ist längst verwaist,
keiner macht hier mehr den Wolf.
Unsre Liebe liegt auf Eis
und du, du spielst jetzt Golf.

Eigentlich müsst ich abnehmen,
eigentlich bin ich zu dick,
doch bei allen Diätthemen,
schalt ich einen Gang zurück,

werde still und klink mich aus,
denn es fehlt an Disziplin.
Zu verschmähen Trank und Schmaus,
kriege ich einfach nicht hin.

»Eigentlich« ist ziemlich praktisch,
weil ja letztlich nichts geschieht.
Man erwähnt ja nur mal taktisch,
dass es da Probleme gibt.
Kann getrost dann weiterziehen,
denn man weiß ja, »eigentlich«
sollte man nun nicht mehr fliehen,
aber halt nur »eigentlich«.

Nachfrage und Angebot

Deutschland steckt im Konsumstau. Wir Deutschen halten unser Geld fest umklammert und auf irgendwelchen Konten wächst es ins Unermessliche. (Nein, bestimmt nicht auf meinem!) Das »buddhistische Standesamt«, ich meine das »statistische Bundesamt«, will festgestellt haben, dass wir Deutschen so viel Geld horten wie noch nie. Apropos »Horten« – »Karstadt« geht dabei pleite! Nur eine Branche boomt ungebremst, und das ist die Versicherungsbranche. Je mehr Ängste wir haben, desto mehr Versicherungen gibt es – das ist das ganz normale Prinzip von »Nachfrage und Angebot«. Aus Holland kam vor einigen Jahren sogar eine Versicherung gegen steigende Benzinpreise. Die haben damals das Limit für Super Bleifrei auf den zu diesem Zeitpunkt utopischen Wert von 1,37 Euro gesetzt – alles, was Sie darüber bezahlt hätten, hätten Sie von dieser Versicherung rückerstattet bekommen, wenn Sie sie denn abgeschlossen hätten.

Fakt ist: In allen wesentlichen Belangen unseres Lebens können wir uns gar nicht versichern, selbst die Risikolebensversicherung greift erst in unserem Todesfall. Wir können uns nicht versichern gegen Ehescheidung – da müssen wir selber ran, und zwar frühzeitig. »Beziehungsarbeit« heißt das Zauberwort.

Wir können uns auch nicht gegen die Entstehung des internationalen Terrorismus versichern. Solange in manchen Ländern der sogenannten Dritten Welt rund 90% der Jugendlichen in die Arbeitslosigkeit entlassen werden, sprich: man ihnen im Diesseits keinerlei Perspektive bietet, macht man sie zu leichten Opfern für Heilsversprecher, die ihnen im Jenseits alles versprechen, wenn sie bereit sind, ihr Leben als Selbstmordattentäter zu opfern. Versichern kann man sich da gar nicht, man muss etwas tun (zum Beispiel: Schuldenerlass für die armen Länder, Hilfe zur Selbsthilfe organisieren, für mehr Gerechtigkeit weltweit sorgen).

Wir können uns auch nicht dagegen versichern, dass in den hintersten Winkeln Asiens neue Seuchen entstehen. Die Weltgesundheitsorganisation warnt seit Jahren davor, dass aus der ganz normalen Influenza und der Vogelgrippe ein neues Virus entstehen wird, gegen das wir kein Gegenmittel haben, und plötzlich ist der Begriff »Pandemie« in aller Munde. Versichern können wir uns nicht, wohl aber etwas tun: informieren und informiert sein, Prävention betreiben und forschen.

Im Alten Testament gibt es das Buch Hiob. Hiob, ein gottesfürchtiger reicher Mann, der sich in Sicherheit wähnt und dem über Nacht alles genommen wird. Und so sitzt er in der Asche und in einem Scherbenhaufen und klagt:

Hiob

Hiob, hör dich klagen,
Asche, Tränen, Scherben.
Siehst in diesen Tagen
allzu viele sterben,
allzu viele haben
allzu viel verloren,
allzu viele Knaben
haben sich geschworen,

Siege zu erringen,
Opfer zu vollbringen,
für den Hass der Alten,
bis sie ganz erkalten.

Hiob, hör dich klagen,
Asche, Tränen, Scherben.
Siehst in diesen Tagen
allzu viele sterben,
allzu viele Viren,
allzu viele Wirte,
allzu viele Tiere
und zu wenig Hirten,
große Seuchen stehen,
lauern vor dem Tor,
die wir noch nicht sehen,
ich hab Angst davor.

Bridge: Vogelgrippe, BSE,
Hühnerpest und SARS,
Influenza, Pestilenz,
Pockenpest vom Mars.
Ebola und HIV –
wohin ich auch flieh,
mehren, treffen, mischen sich
zur großen Pandemie.

Hiob, hör dich klagen,
Asche, Tränen, Scherben.
Siehst in diesen Tagen
allzu viele sterben,
allzu viele sagen:

Alles halb so wild,
allzu wenig fragen,
was die Zukunft bringt.
Hiob, deine Klagen,
klagen laut in mir
tausend offne Fragen,
bin so glaubensleer.

Hiob, hör dich klagen,
Asche, Tränen, Scherben.
Siehst in diesen Tagen
allzu viele sterben.

Macht ist nur die Angst der andern

Macht ist nur die Angst der andern
und wer Macht hat, nutzt die Angst.
Macht ist nur die Angst der andern
und wer Macht hat, nutzt die Angst.

Schluchzend, jammernd liegt ein Mädchen
in der S-Bahn und ein Mann
macht sich über ihr zu schaffen,
zieht brutal sie zu sich ran.
Und sie weint und schreit um Hilfe,
im Abteil sind andre noch,
doch sie schweigen, bleiben sitzen,
kriechen in ein schwarzes Loch.

Macht ist nur die Angst der andern
und wer Macht hat, nutzt die Angst.
Macht ist nur die Angst der andern
und wer Macht hat, nutzt die Angst.

Keiner reißt das Ungeheuer
weg von dieser jungen Frau.
Niemand zieht an der Notbremse,
man hat Angst, und das genau
lässt den Irren nun gewähren,
und vielleicht ist das sein Kick,
dass es keiner wagt, zu stören,
das verstärkt sein Monsterglück.

Und wenn einer schon die Macht hat,
dass sich andre nicht mehr trauen,
sag, wie soll es dann erst werden,
wenn im kalten Morgengrauen
in den Straßen Stiefelgleichschritt
und Faschistengrölen hallt,
sag, wer leistet Widerstand dann
gegen die Gewalt?

Endlich kommt die Bahn zum Stehen
und der Mann flieht in die Nacht.
Weinend schleppt das junge Mädchen
sich hinaus, doch niemand macht
sich zumindest mal die Mühe,
sie zu stützen, und hilft ihr.
Nein, sie kriecht allein nach Hause
wie ein wund geschlagnes Tier.

Macht ist nur die Angst der andern
und wer Macht hat, nutzt die Angst.
Macht ist nur die Angst der andern
und wer Macht hat, nutzt die Angst.

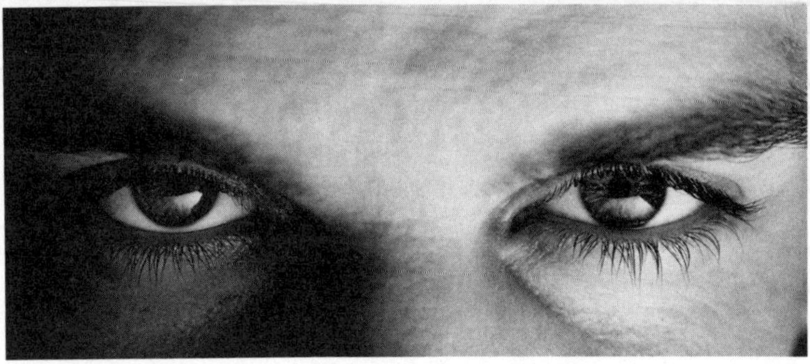

Menschen quälen andre Menschen

Menschen quälen andre Menschen,
schalten ab und walten stumm,
denken nicht an Konsequenzen,
setzen nur Befehle um,
sehen wenig Sinn im Leben,
treten es mit Stiefeln klein,
können Lust und Macht erleben,
wenn die Folteropfer schrein.

Menschen zwingen andre Menschen
auf den Strich und in die Knie,
sehen nur die eignen Wünsche,
andre Menschen sehn sie nie,
ihre Seele scheint ein Geldsack
und sie denken nur daran,
wie man diesen prallen Geldsack
noch und noch mehr füllen kann.

Menschen nerven ihre Nachbarn
und entwickeln Strategien,
wie sie die, die einmal nett war'n,
in ein Hassverhältnis ziehn.
Rechtsanwälte schreiben Briefe,
nein, man schaut sich nicht mehr an
und erstickt im eignen Miefe,
weil man sich nicht riechen kann.

Menschen hetzen andre Leute
durch das Leben in den Tod,
neben mir im Hier und Heute
lebt ein Mensch in Lebensnot.
Doch ich lege Holz ins Feuer,
lasse »draußen« draußen sein.
Mensch, du bist mir ungeheuer,
Mensch, da schließe ich mich ein.

Grund genug

Hör auf
zu verdrängen
deine Angst

Stell dich
dieser Angst
denn sie hat Grund
spürbar
hörbar
sichtbar

Grund genug
zugrunde
zu gehen

Hör auf
zu verdrängen
deine Angst

Stell dich
auf den Grund
in dem alles
gründet

Grund genug
zu leben

Aufeinander zugehn

Wir wollen aufstehn, aufeinander zugehn,
von einander lernen, miteinander umzugehn,
aufstehn, aufeinander zugehn und uns nicht entfernen,
wenn wir etwas nicht verstehn.

Viel zu lange rumgelegen, viel zu viel schon lamentiert.
Es wird Zeit, sich zu bewegen. Höchste Zeit, dass was passiert.

Jeder hat was einzubringen, diese Vielfalt wunderbar.
Neue Lieder wolln wir singen – neue Texte: laut und klar!

Diese Welt ist uns gegeben. Wir sind alle Gäste hier.
Wenn wir nicht zusammenleben, kann die Menschheit nur verliern.

Dass aus Fremden Nachbarn werden,
das geschieht nicht von allein.
Dass aus Nachbarn Freunde werden,
dafür setzen wir uns ein.

Klage

Wenn unter meinen Tränen
das Denken mir zerfließt
und wie ein schreiend Gähnen
ein Loch sich nicht mehr schließt,
dann trägt mich meine Trauer
vor deine Klagemauer,
lässt mich in diesen Tagen
vor dir Gott klagen, klagen.

Wenn mir die vielen Fragen
den Kopf total verdrehn
und alle andern sagen,
dass sie mich nicht verstehn,
zieht mich ein fester Wille
hinein in deine Stille,
lässt dich trotz meiner Fragen
ein Wort, die Antwort wagen.

Wenn nun nach so viel Arbeit
mir schwindet alle Kraft
und nicht einmal die Freizeit
mir neuen Mut verschafft,
dann weist mir meine Sehnsucht
bei dir noch eine Zuflucht,
lässt mich die Müh und Plagen
mit deiner Hilfe tragen.

Text: Clemens Bittlinger
Musik: Hans Leo Hassler (1601)

Aus Versehen (Die Story zum Lied)

»Aus Versehen« habe man unter der Nummer EP 0695 352 ein Patent vergeben, das die genetische Manipulation an menschlichem Erbmaterial ermögliche, gestand ein Sprecher des Europäischen Patentamtes in München.

Im Auftrag einer australischen Gentechnikfirma hatte die Universität Edinburgh einen Antrag auf die Patentierung eines Verfahrens gestellt, das im Ansatz das Klonen von menschlichem Erbmaterial ermöglichen und amtlich legitimieren könnte. Ein Skandal! Seit Jahren wurde in Sachen Gentechnik das Bewusstsein der Öffentlichkeit dahingehend geschärft, dass man Genmanipulationen am menschlichen Erbmaterial um jeden Preis vermeiden müsse. Und nun gesteht einer der Fachleute, er habe da »aus Versehen« ein Patent vergeben, das genau dieser Horrorvision, der Vision vom geklonten Menschen, Tür und Tor öffnet. Apropos »Tür und Tor« – die Umweltorganisation Greenpeace mauerte daraufhin erst einmal die Eingangstüren dieser Institution einfach zu.

»Aus Versehen« war eine Geschwindigkeitsbegrenzung von 40 km/h auf 120 km/h hochgesetzt worden und verursachte so ein schlimmes Zugunglück.
»Aus Versehen« entweichen aus den Anlagen unserer Chemieindustrie immer wieder giftige Gase und Emissionen.
»Aus Versehen« treffen die angeblich so klinisch sauberen Bomben des Pentagon nicht ein Waffenlager, sondern ein Wohnviertel in Belgrad.
»Aus Versehen« werden bei größeren Operationen schon mal Scheren, Tupfer oder Pinzetten im Bauch des Patienten gelassen und erst bei einer weiteren Operation wieder entdeckt.

Und als ein junger amerikanischer Pilot vor einigen Jahren im Tiefflug eine vollbesetzte Gondel zu Boden stürzen ließ, war auch dies »aus Versehen«.
»Aus Versehen« wurden wichtige Dateien aus dem Kanzleramt einfach gelöscht.

Nebulöse Formulierungen und Verschleierungstaktiken in Politik und Wirtschaft sind an der Tagesordnung. Längst haben wir uns daran gewöhnt, dass wohl die meisten unserer politischen Vertreter (quer durch alle Parteien) irgendwie unglaublich vergesslich sind und sich mit »Ehrenworten« und »Ehrenerklärungen« auch noch um Kopf und Kragen reden. Und wer könnte schon von sich behaupten, dass er nirgendwo und niemals gewissermaßen »aus Versehen« zumindest eine kleine »Dummheit« begangen hätte. Im Grunde, so forderte einmal ein Kolumnist der Süddeutschen Zeitung, müsste die gesamte Nation zurücktreten.

»Aus Versehen« – eine Ausdrucksweise, die verniedlicht und die Tatsache verharmlost, dass wir Menschen mitunter schwere Fehler begehen und schuldig werden. Die Bibel ermutigt uns, dass wir zu unseren Fehlern stehen und nicht versuchen, uns herauszureden. Im alttestamentlichen Prediger heißt es gar: »Lass nicht zu, dass dein Mund dich schuldig werden lässt, und sprich nicht: Es war ein Versehen« (Pr. 5,5). Nur da, wo ich wirklich bereit bin, auch zu meiner Schuld zu stehen und es laut und deutlich zu sagen: »Jawohl, ich habe richtig Mist gebaut«, nur da kippe ich heraus aus dem Elfenbeinturm meiner Selbstgefälligkeit und nur da ist auch Umkehr, Vergebung und ein wirklicher Neuanfang möglich. Und das ist es doch, was wir brauchen als Gesellschaft, aber auch als Einzelne: einen wirklichen Neuanfang.

Aus Versehen

Aus Versehen ließ der Doktor
nach gelungener OP
Schere, Tupfer und Pinzette
im Bauch liegen von Frau W.,
schaffte stur und stach genau,
wohlbekannt für seine Ruh,
nähte er bei dieser Frau
ihre Wunde wieder zu.

Aus Versehen, Sie verstehen,
kann passieren, wir kaschieren – nichts,
gestehen: 's ist geschehen,
aus Versehen, aus Versehn.

Aus Versehen riss ein Flieger
eine Gondel aus dem Seil,
nur der junge Airforce-Krieger
blieb bei diesem Unfall heil.
Er war viel zu tief geflogen
im alpinen Skigebiet,
80 Meter überm Boden,
als er in den Lift geriet.

Aus Versehen, Sie verstehen,
kann passieren, wir kaschieren – nichts,
gestehen: 's ist geschehen,
aus Versehen, aus Versehn.

Aus Versehen sind wohl Daten
aus dem Bundeskanzleramt
einfach so mal weggeraten,
das geschieht so dann und wann.
Irgendjemand hat beim Putzen
auch die Festplatten poliert,
ob zum Schaden oder Nutzen
lässt sich nicht mehr kontrolliern.

Aus Versehen, Sie verstehen,
kann passieren, wir kaschieren – nichts,
gestehen: 's ist geschehen,
aus Versehen, aus Versehn.

Aus Versehen, so mal eben,
wurd dem Futter für das Rind
feinstes Tiermehl beigegeben,
und die Politik war blind.
Jeder sagt: Das war verboten,
und beklagt mit Ach und Weh
unsre Rinderwahnsinnstoten
und hat Angst vor BSE.

Man kann ja nur staunen, was alles so »aus Versehen« geschieht, aber man muss im Grunde nur die Tageszeitung aufschlagen, um festzustellen, dass es jeden Tag irgendeine Sauerei gibt, für die kein Schwein die Verantwortung übernehmen möchte. Deshalb hier nun eine Aktualisierung (Fortsetzung folgt – garantiert, leider).

Aus Versehen (die zweite)

Aus Versehen, so mal eben
hat ein Firmenkonsortium
Steuergelder ausgegeben,
doch es war einfach zu dumm:
Gar nichts wollte funktionieren –
Technik für die Mautgebühr,
umso lauter konnt man hören:
»Toll Collect« kann nichts dafür.

Aus Versehen schob ein Raser
eine Frau mit ihrem Kind
mit Karacho von der Straße
und war scheinbar auch noch blind.
Denn er habe nichts gesehen,
gab er dann zu Protokoll,
konnte einfach nicht verstehen,
dass er ins Gefängnis soll.

Aus Versehen, Sie verstehen,
kann passieren, wir kaschieren – nichts,
gestehen: 's ist geschehen,
aus Versehen, aus Versehn.

Aus Versehen wurden Tote
aus dem fernen Chinaland
präpariert und feilgeboten,
wissenschaftlich anerkannt,
niemand wollte scheinbar wissen:

War es dem Verstorbnen recht?
Niemand schien sie zu vermissen,
Körper-Welten, mir wird schlecht.

Aus Versehen wurden Reste
aus der Metzgerproduktion
so verkauft wie allerbestes
Fleisch, na ja, Sie wissen schon:
Manchen wurde richtig übel,
andre haben nichts gemerkt.
Manche saßen vor dem Kübel,
andre fühlten sich gestärkt.

Aus Versehen, Sie verstehen,
kann passieren, wir kaschieren – nichts,
gestehen: 's ist geschehen,
aus Versehen, aus Versehn.

Vom Himmel hoch, da komm ich her

Vom Himmel hoch, da komm ich her,
mitunter wieg ich wolkenschwer,
bin manches Mal ein Sonnenschein,
ich regne, trockne, friere ein.

Im Winter schnei ich alles weiß,
im Frühjahr blüht es, jeder weiß,
im Sommer heiz ich allen ein,
im Herbst, da stürmt's, so muss es sein.

Für viele Jahre war das so
und jeder wusste, wann und wo,
welcher Gestalt ich zu euch kam,
war nie zu nass und nie zu warm.

Vom Himmel hoch, da komm ich her
und sage euch: Hier stinkt es sehr,
nach Abgas, Giften, Monoxyd,
bin träg und meistens ziemlich müd.

Die Sonne, unser Lebenslicht,
wird tödlich ohne Ozonschicht,
und es wird wärmer auf der Welt,
ihr habt es selber so bestellt.

Im Winter heiz ich kräftig ein,
im Frühjahr lass ich's gern mal schnein,
im Sommer: Sturm und Hagelschlag,
im Herbst: mal Sonne, wie ich mag.

Die Flüsse steigen, ufern aus,
die Fluten rauben Gut und Haus.
Die Wälder stehn im Flammenmeer,
bald ist die Erde wüst und leer.

Vom Himmel hoch, da komm ich her,
ich komme und ich rat euch sehr,
kehrt um von eurem Größenwahn,
bewahrt die Welt, fangt heute an.

Kosmologisch mal gesehen

Kosmologisch mal gesehen,
sind die Fragen, die uns drängen,
nur am Rande von Bedeutung
und aus Sicht des Weltenraums
kann man eigentlich nur sagen,
dass wir uns zu wichtig nehmen
und mit unsern vielen Themen
immer noch die Meinung haben,
wir wärn hier der Mittelpunkt.

Mittelpunkt vom ganzen Kosmos,
dabei hat doch schon vor Jahren
Galilei festgestellt, dass wir uns
zwar so gebaren, als wärn
wir im Sternenzelt
der zentralste der Planeten,
doch das war wohl weit gefehlt,
denn, so hat der Mann bewiesen,
liegt die Erde wohl am Rande,
keineswegs und keinesfalls
im Mittelpunkt.

Wenn die Erde einmal
Puff macht, wird es keinen
Aufruhr geben, keine Demo
und kein Totenrequiem.
Kein Mensch wird um Menschen trauern
oder uns vielleicht bedauern,

weil wir für die Erde
wie die Krätze sind.

Niemand lebt so egoistisch,
ohne Rücksicht auf Verlust,
niemand nimmt sich selbst so wichtig
und benimmt sich so bestusst.
Niemand schlachtet seine Brüder,
macht Naturressourcen nieder
ohne Weitsicht und Gefühl
auf lange Sicht.

Kosmologisch mal gesehen,
könnte es hier besser stehen,
würden wir wie Maden
einfach untergehen.

Dann gäb's keine Blechlawinen
und keine Atomruinen,
keine Völker-Massenmorde,
keine Arbeit im Akkorde,
keine Phrasendrescherei,
alles Elend wär vorbei,
das wir Menschen hier anrichten
und dabei zugrunde
unser ganzes Glück.

Kosmologisch mal gesehen,
könnte es hier besser stehen,
würden wir wie Maden
einfach untergehen.

Und dennoch hält
die grenzenlose Liebe
mit Schöpfershänden
diese unsre Welt.
Ja, an uns, die
wir den Tod verdienten,
hält diese Liebe fest
und auch an dieser Welt.

O komm, du Geist der Wahrheit

1. O komm, du Geist der Wahrheit,
wir brauchen deinen Mut.
Schenk Zuversicht und Klarheit,
erhalte uns die Wut
auf Lüge und auf Schlamperei,
auf träges Kirchentum,
erneure uns, mach uns frei
und füll uns mit Begeisterung.

2. Du bist nicht gern gesehen,
denn du bist unbequem,
willst vieles nicht verstehen,
es wäre angenehm,
dich einfach wegzulassen
und nicht auf dich zu hörn,
das könnte uns so passen,
du würdest nicht mehr störn.

3. O komm, du Geist der Wahrheit,
wir drehen uns im Kreis.
Wir haben nicht mehr viel Zeit,
wer denkt, der sieht und weiß,
wir haben den Planeten,
den Gott uns anvertraut,
mit Füßen nur getreten
und seine Schätze abgebaut.

4. Du bist nicht wegzudenken
aus Gottes neuer Welt,
du kannst uns manches schenken,
was uns ganz einfach fehlt,
schenk Augen, die das sehen,
was wir gern übergehn,
und Ohren, die verstehen,
von wo die Winde wehn.

Miteinander, füreinander

Über den Wolken
Im Blick
Alles für die Füße?
Geliebter Feind
Freunde
Das wünsch ich mir
Segen
Der, die, das Münster
Manchmal
Los
Vorderhaus und Hinterhaus
Mein geheimes Leben
Ganz dicht
Die Meinung geigen
Manchmal
Da zu sein
Sei behütet
Hellhörig
Halte die Freiheit im Spiel

Über den Wolken

Drei- bis viermal in der Woche fliegt der Texaner Jack Vroom in der exquisiten 1. Klasse der US-Fluggesellschaft American Airlines quer durch die halbe Welt, und er tut dies gewissermaßen kostenlos. Ende der achtziger Jahre hatte American Airlines für kurze Zeit ein lebenslängliches Erste-Klasse-Ticket für 500 000,- US-Dollar angeboten. Für den Geschäftsmann Vroom ein lohnendes Angebot, das er nun als Pensionär weidlich nutzt. Ein kurzer Abstecher nach Rio, mal eben zum Frühstück nach Paris oder einfach nur quer durch die Staaten – für Jack Vroom ist das Alltag und die Annehmlichkeiten der 1. Klasse sind sein Zuhause.

Das »Ticket auf Lebenszeit« bietet zudem die Möglichkeit, jeweils eine Person kostenlos mitzunehmen, und da ist unser Vielflieger nun sehr spendabel und einfallsreich. Sei es, dass er einen befreundeten Musiker zu seinen Auftritten »fliegt«, sei es, dass er jemandem hilft, der kein Geld für eine weite Reise hat, sei es ein Krebskranker, den er zu einer speziellen Therapie begleitet – es macht Jack Vroom Freude, anderen auf diese Weise zu helfen. Und manchmal sind es auch nur ganz einfach Zufallsbekanntschaften, die er mitnimmt.

An vielen Stellen der Bibel wird von Engeln als den Boten Gottes berichtet, die plötzlich und unvermutet auftauchen und den Menschen eine Botschaft überbringen. In der Kunst wurden diese Engel oft mit Flügeln dargestellt, denn anders konnte man sich ihr unvermutetes Auftauchen nicht vorstellen. Vielleicht ist ja Jack Vroom so etwas Ähnliches wie ein moderner Engel, diesmal tatsächlich mit Flügeln, und zwar mit denen einer Boeing. Mit oder ohne Flügel: Sicher können auch wir anderen zum Engel werden, wenn wir uns Zeit nehmen, sie zu begleiten, und durch unser Handeln die Botschaft von einem liebenden Schöpfer weitergeben.

Das Wort zum Alltag (Gong)

Im Blick

Zwei Freunde, die sich lange nicht gesehen hatten, verabredeten ein Treffen am Meer. Der eine kam etwas früher und setzte sich auf die äußerste Kante eines ins Meer ragenden Steinsteges – dort entdeckte ihn der andere und schlenderte auf ihn zu. Während er auf ihn zuging, bemerkte der Wartende den herannahenden Freund, stand auf und ging ihm ebenfalls entgegen. Plötzlich sah er, dass der andere seinen Blick abwandte, hinaus auf das Wasser starrte und mit einem kurzen Anlauf ins Meer sprang. Erst jetzt bemerkte er die zwei Kinder, die zu weit vom Ufer abgekommen waren und zu ertrinken drohten – diese hatte der Freund in den Blick bekommen und war ohne zu zögern ins Wasser gesprungen, um sie zu retten.

»Ich hatte dich gesehen und war aufgestanden, um dich zu begrüßen, plötzlich merkte ich, dass du mich gar nicht angesehen, sondern hinaus auf das Meer geschaut hast, während ich dich im Blick hatte und dich begrüßen wollte. Wie unterschiedlich sind doch die Dinge, die wir sehen, obwohl wir die gleichen Wege gehen«, erzählte später der eine dem anderen.

Wie unterschiedlich sind die Dinge, die wir wahrnehmen, obwohl wir in ein und derselben Stadt, in ein und derselben Straße oder in ein und demselben Haus wohnen. Es kommt eben darauf an, was wir im Blick haben. Gott hat alle Menschen im Blick und er möchte, dass allen Menschen geholfen wird. Wie gut, dass ich weiß, dass er auch mich im Blick hat, so kann ich ganz gelassen auch mal einen Blick riskieren – für andere, hinter die Kulissen, zur Seite, nach hinten ...

Das Wort zum Alltag (Gong)

Alles für die Füße?

Wie geht es Ihren Füßen? Denken Sie ab und zu an Ihre Füße? Manchmal vielleicht, wenn sie einmal nicht so funktionieren, wenn wir uns den Fuß verstaucht oder ein Bein gebrochen haben, dann merken wir, wie sehr wir sie brauchen, unsere Füße. Dann merken wir: Füße sind etwas Wunderbares, sie helfen uns, voranzukommen und »unseren Mann und unsere Frau zu stehen«.

Eine große deutsche Illustrierte widmete vor einiger Zeit eine 16-seitige Fotoreportage dem Thema »Füße«. Die Fußsohlen von Kindern, Arbeitern, Senioren und von einigen Prominenten wurden da abgebildet und es war hochinteressant zu sehen, was sie »erzählten«.

An den Füßen eines Menschen kann ich viel erkennen und erspüren. An den Sohlen laufen die Nervenstränge der verschiedenen menschlichen Organe zusammen.

Entspannung »zu Fuß«

Eine gekonnt ausgeführte Fußreflexzonenmassage gehört deshalb mit zu den schönsten Erfahrungen, die ich kenne: Ich lasse heißes Wasser in eine Schüssel und nehme ein Fußbad. Ein wohltuendes Kräuteröl habe ich dazugegeben und während die Düfte aufsteigen, beginne ich mich zu entspannen. Nach etwa zehn Minuten nehme ich die Füße aus dem Wasser und ein Masseur trocknet meine Füße behutsam ab. Dann lege ich mich mit dem Rücken auf eine Liege und lasse die Füße ein wenig »über schauen«. Der Masseur fönt die Füße noch mit einem kleinen Fön und ein behaglicher Schauer erfasst meinen

Körper. Warme Kräuterdämpfe steigen auf, während meine Zehen mit ätherischen Ölen beträufelt werden. Zentimeter um Zentimeter erforschen und entspannen die geübten Hände des Therapeuten meine Füße.

Unterwegs »zu Fuß«

Wenn wir uns Jesus vorstellen, dann sehen wir ihn immer als einen Menschen, der zu Fuß unterwegs war. Die Füße Jesu waren ständig beanspruchte Füße, immer auf dem Weg hin zu den Menschen, immer auf Achse im Namen der Liebe.

Die Bibel erzählt uns nun von einer Familie, mit der Jesus eng befreundet war und bei der auch er einmal »die Füße hochlegen« konnte. Eines Tages, als er dort zum Essen eingeladen war, näherte sich ihm eine Frau und umspülte seine Füße mit ihren Tränen. Dann massierte sie sie behutsam und trocknete sie mit ihren Haaren. Anschließend nahm sie ein Gefäß mit einem sehr kostbaren und wohlriechenden Öl und rieb die Füße Jesu warm und geschmeidig. Welch eine Wohltat, was für eine wunderbare Art, jemandem zu zeigen: Ich schätze dich sehr, ich möchte dir guttun!

»Des is' doch alles für die Füß'«, sagen wir manchmal in Hessen und meinen damit: »Das, was du da tust, macht wenig Sinn, ist vergeblich.« »Eben nicht!«, möchte ich dann fröhlich antworten. »Warum nicht und gerade mal bei den Füßen anfangen, um einem anderen Menschen zu zeigen: Du bist für mich wertvoll!«

Das Wort zum Alltag (Gong)

Geliebter Feind

Als ich noch zur Schule ging, war ich ein sogenannter Fahrschüler. Das heißt, wir wohnten in einem kleinen Dorf und ich musste jeden Tag mit dem Bus zur Schule fahren. An der Bushaltestelle spielte sich eine Zeit lang jeden Morgen dieselbe Szene ab: Immer wenn ich mich der Haltestelle näherte, lösten sich zwei ältere Jungs aus der Gruppe der Wartenden, steuerten auf mich zu und begannen, mich zu piesacken. Sie knufften und stießen mich und sagten gemeine Sachen. Vor denen hatte ich Angst. Diese Jungs waren damals meine Feinde. Schon sehr früh konnte ich auf die Frage »Hast du Feinde?« mit »Ja« antworten, denn ich wusste und erlebte, dass es Menschen gab, die nicht gut mit mir umgingen und die mir Angst machten.

Viele Gesichter

Haben Sie auch Feinde oder haben Sie den Eindruck: »Eigentlich bin ich jedermanns Liebling und alle gehen gut mit mir um!«? Wenn das so ist, dann sind Sie ein Glückspilz. Der Normalfall ist, dass wir »Feinde« haben, und deshalb heißt es im 23. Psalm *»im Angesicht meiner Feinde«* oder im ganzen Satz: *»Du bereitest vor mir einen Tisch im Angesicht meiner Feinde.«* Auch Eigenschaften und Gewohnheiten können unsere Feinde sein. Für jemanden, der Übergewicht hat und gerne abnehmen möchte, aber immer Appetit auf Schokolade hat, für so jemanden ist seine Naschsucht ein »Feind«. Bestimmt fallen Ihnen auch ein paar »Feinde« ein, die Sie daran hindern, so zu leben, wie Sie es eigentlich möchten.

Gelassenheit

Der »gedeckte Tisch im Angesicht der Feinde« signalisiert vor allem eines: Gelassenheit.

Also keine Panik, jeder Mensch hat Feinde und ich kann lernen, mit ihnen umzugehen. Aus dieser Gelassenheit heraus kann Jesus von Nazareth so unglaubliche Dinge sagen wie: »Liebt eure Feinde, segnet, die euch verfluchen, tut Gutes denen, die euch hassen!« Jesus sagt nicht: Du darfst keine Feinde haben. Im Gegenteil, er sagt: Du hast Feinde! Erkenne das, akzeptiere es, denn nur dann kannst du anfangen, anders mit ihnen umzugehen. Nur wenn du bereit bist, deinen Feinden ins Auge zu schauen, kannst du einen Lebensstil entwickeln, bei dem nicht die Feinde, sondern du gewinnst: Liebe deine Feinde, denn das bringt sie völlig durcheinander.

Das Wort zum Alltag (Gong)

»Freunde sind Gottes Entschuldigung für Verwandte.«
Irisches Sprichwort

Das Kuriose an diesem Sprichwort ist,
dass auch die darüber schmunzeln können,
die unter Umständen selbst zu diesen Verwandten zählen.
Die Hölle sind immer die andern.

Freunde

Freunde sind selten
und selten bequem,
sind manchmal kantig
und unangenehm,
woll'n nicht gefallen,
sondern zu dir gehörn,
stehn auf der Matte,
auch wenn sie grad störn.

Freunde sind leise,
schauen dir zu,
lassen dich weise,
wenn nötig, in Ruh,
haben nicht nur
sich selber im Blick,
lassen dir Zeit
und ziehn sich zurück.

Freunde sind ehrlich
und locken dich raus,
werden gefährlich
dem Kartenhaus,
lassen die Spiele
dir nicht durchgehn,
es sind nicht viele,
die so zu dir stehn.

Freunde zu finden,
ist ziemlich schwer,
denn wer lässt sich binden
und gibt von sich mehr
als ein »Hallo«
und ein wenig Zeit,
wer ist schon zum Geben
und Lieben bereit.

Das wünsch ich mir

Dass mir der Atem nicht ausgeht,
wenn ich dich still begleiten will
auf deinem Weg
durch schwere Zeiten,
das wünsch ich dir,
das wünsch ich mir,
und unser Gott steht uns dabei zur Seite.

Dass es die Worte nicht verweht,
mit denen ich mein Reden füll,
sobald es gilt, zur Tat zu schreiten,
das wünsch ich mir,
das wünsch ich dir,
und unser Gott steht uns dabei zur Seite.

Dass wir uns nicht im Kreise drehn,
sondern erkennen, was Gott will,
und das nicht nur in schlechten Zeiten,
das wünsch ich mir,
das wünsch ich dir,
und unser Gott steht uns dabei zur Seite.

Segen

Mögen die Begegnungen zwischen uns
unbeschwert, liebevoll und ehrlich sein.

Unsere gemeinsamen Wellenlängen
tragen uns weit über uns hinaus,
lassen uns erahnen
und beglückt spüren:
Seelenverwandte
sind wir,
einander
ohne Worte
spürbar nah.

Der, die, das Münster

Bei einem Konzert in Ulm besuchten wir natürlich auch das Ulmer Münster. (David Plüss betont das immer: Es heißt »das« Ulmer Münster und nicht »der« Ulmer Münster. Wie dem auch sein, wir waren auf jeden Fall dort.) Anschließend wurde ich gefragt: »Was hat dir denn in dieser Kirche am besten gefallen?« Ich gab zur Antwort: »Am besten hat mir die Pinnwand gefallen, an die die Leute auf kleinen Zetteln Gebetsanliegen heften konnten!« Auf einem dieser Zettel stand: »Lieber Gott, bitte grüße Opa F., wenn du ihn siehst!« Auf einem anderen stand: »Lieber Gott, bitte gib, dass alle Evangelischen (wieder) römisch-katholisch werden! Eine römisch-katholische Christin.« Kein sehr frommer Wunsch, finde ich ☺! Das nachfolgende Lied hat mit unserem Besuch des Ulmer Münsters nur insofern etwas zu tun, als es ebenfalls mit einer Pinnwand in einer Kirche beginnt, ansonsten ist dieses Lied der tollen Arbeit der »Frauenselbsthilfe nach Krebs« gewidmet.

Manchmal

Auf einem Zettel
an der Pinnwand
einer Kirche
stand: »Ich bitte
dich, hilf du mir,
lieber Gott,

meine Eltern,
die oft streiten,
lassen sich
wohl sehr bald scheiden.
Bitte hilf du mir
und uns aus dieser Not.«

Refrain: Manchmal braucht man einen,
der mit einem geht.
Manchmal braucht man einen,
der einen versteht.
Manchmal finden wir alleine
nicht den Weg zurück.
Manchmal braucht man eine
Hand zum Glück.

Am Anfang war da nur
ein komisches Gefühl:
»Geh zum Arzt,
dann weißt du,
was es ist.«
Banges Warten
auf die Werte:
Bin ich krank
oder gesund?
Eine Zeit, die du
gewiss niemals vergisst.

Dieses Zeugnis
sah nun wirklich
traurig aus,
damit traute

er sich einfach
nicht nach Haus.
Hatte Angst
und wollte fliehen
vor den Eltern
und sich selbst,
irrte rum und wusste
nicht mehr ein noch aus.

Refrain: Manchmal braucht man einen,
der mit einem geht.
Manchmal braucht man einen,
der einen versteht.
Manchmal finden wir alleine
nicht den Weg zurück.
Manchmal braucht man eine
Hand zum Glück.

Los

Das Schweigen
eines Freundes
macht mich ratlos.

Das Zögern
eines Freundes
macht mich hilflos.

Das Weinen
eines Freundes
macht mich freudlos.

Das Dasein
eines Freundes
macht mich endlos
weise, mutig und froh.

Vorderhaus und Hinterhaus

Ich staune immer wieder, wie viel Zeit, Energie und Geld manche Zeitgenossen in den Versuch stecken, so zu tun, als hätten sie kein Hinterhaus. Bibelleser wissen mehr, denn dort steht es schon seit Jahrtausenden: Jeder Mensch hat ein Hinterhaus, verborgene Ecken und Kanten. Und auch, dass Gott, der Schöpfer, uns bis in den letzten Winkel unseres Daseins kennt und durchschaut (1. Sam 16,7; Ps 38,10; 94,11; 139,1). Das ist, finde ich, keine besonders gute Nachricht, denn wer möchte schon bis in den letzten Winkel seiner Existenz durchschaut sein. Allerdings: Die Bibel erzählt uns von einem liebenden Gott, der unser Freund sein möchte, obwohl er auch unser Hinterhaus bis in die letzten Winkel kennt. Und das ist dann doch eine gute Nachricht: Dem Schöpfer allen Lebens kann und brauche ich nichts vorzumachen – ich kann so, wie ich bin, ungeschminkt zu mir selber stehen. Die Einladung zum Leben schließt »mein geheimes Leben« mit ein – ich darf sein, wie ich bin, aber ich muss nicht so bleiben, sondern kann mich der vollen Schönheit, die in mich hineingelegt wurde, entgegenstrecken.

Vorderhaus und Hinterhaus

Das Restaurant »Zum Stieren«
ist allen gut bekannt.
Hier lässt sich trinken, speisen
wie nirgends sonst im Land.

Die Tische und die Laken
sind sauber, frisch und glatt.
Man fühlt sich aufgehoben,
wenn man hier Hunger hat.

Doch geht man nach dem Essen
vielleicht einmal aufs Klo,
um neuen Platz zu schaffen,
das macht man manchmal so,
dann kommt man aus dem Staunen
und Ekel nicht mehr raus,
denn hinten die Toiletten
sehn gar nicht lecker aus.

Vorderhaus und Hinterhaus,
hinten sieht es anders aus.
Vorderhaus und Hinterhaus –
Hinterhaus, welch ein Graus.

Ein kurzer Blick: Die Küche,
wie sieht es hier denn aus?
Und mancherlei Gerüche
verbreiten sich im Haus,
die nicht nach vorne dringen,
es stinkt nach Fett und Schweiß,
nur die das Essen bringen,
sind meistens blütenweiß.

Von außen und von vorne
ist manches scheinbar fein,
doch blickt man erst dahinter,
dann sieht man sehr schnell ein:

Die glänzenden Fassaden,
die mancher präsentiert,
entsprechen allzu selten
dem, was hinten passiert.

Vorderhaus und Hinterhaus,
hinten sieht es anders aus.
Vorderhaus und Hinterhaus –
Hinterhaus, welch ein Graus.

Bridge: Ob Politik, ob Kirche,
ob Schule, ob Betrieb,
wir kochen nur mit Wasser
und haben diesen Trieb,
uns besser darzustellen,
als wir letztendlich sind.
Und hängen unser Fähnchen
frisch in den neusten Wind.

Vorderhaus und Hinterhaus,
hinten sieht es anders aus.
Vorderhaus und Hinterhaus –
Hinterhaus, welch ein Graus.

Mein geheimes Leben (Gebet)

Mein geheimes Leben
tief im Labyrinth
meiner tausend Träume,
die dort gefangen sind,
hat mich nie vergessen,
meldet sich, ist da,
wenn ich nachts nicht schlafe,
spür ich es ganz nah.

Mein geheimes Leben
findet selten statt,
in verborgnen Räumen
funkelt es nur matt.
Mein geheimes Leben
sieht so anders aus,
vielleicht kommt es einmal
ganz von selber raus.

Mein geheimes Leben
hab ich manchmal satt.
Ich erschrecke vor dem,
was es in sich hat.
Mein geheimes Leben
birgt so manche Schuld,
doch du lässt mich leben,
Schöpfer der Geduld.

Bridge: In Gedanken und in Worten und in Werken,
mein geheimes Leben.

Mein geheimes Leben
kennst alleine du,
Tränen mancher Sehnsucht
gehören wohl dazu,
zu dem ganzen Menschen,
den du liebst und willst,
dessen Durst und Hunger
du am Ende stillst.

An seinem 20. (!) Hochzeitstag sollte man/Mann eigentlich nicht »auf Tour« sein, doch es war so, und deshalb kam der erste Vers dieses Liedes als handgeschriebenes Gedicht von unterwegs aus dem heimischen Fax gequollen.

Ganz dicht

Ganz dicht
an meiner Seele
hast du
dich festgelegt.
Es lässt sich
kaum verhehlen:
Du hast mich
stark geprägt.

Du hast mich
nicht verlassen,
du lässt mir
keine Ruh,
kann kaum
in Worte fassen:
Ich liebe dich,
mein »Du«.

Ganz dicht
an meine Sehnsucht
hast du
ein Zelt gestellt.
Es bietet
eine Zuflucht
in jeder
neuen Welt.
Ein Zelt,
leicht abzubauen,
die Sehnsucht
zieht es fort,
es lässt sich
schnell verstauen,
ein Dach
für jeden Ort.

Ganz dicht
an meine Träume
hast du
ein Netz gespannt,
folgst mir
in Zwischenräume,

in meinem
Niemandsland,
ein Netz
mich aufzufangen,
wenn ich
aus Wolken fall.
Im Traumland
noch gefangen,
find ich
dich überall.

Ganz dicht
an meiner Seele
hast du
dich festgelegt.
Es lässt sich
kaum verhehlen:
Du hast mich
stark geprägt.
Du hast mich
nicht verlassen,
du lässt mir
keine Ruh,
kann kaum
in Worte fassen:
Ich liebe dich,
mein »Du«.

Die Meinung geigen

Wenn wir mal wieder
einander die Meinung
gegeigt haben
und voller Elan
kein Blatt
vor den Mund genommen,
dann lass uns zurück
zur gemeinsamen Melodie
finden.

Manchmal

Manchmal, wenn ich etwas sage,
merk ich, keiner hört mir zu.
Irgendjemand sagt was andres,
und dem wendet man sich zu.
Und ich ringe, such nach Blicken,
rede peinlich vor mich hin,
würd am liebsten mich verdrücken
von dem Ort, an dem ich bin.

Manchmal, wenn ich etwas sage,
merk ich, du hörst gar nicht hin,
weil die Dinge, die ich sage,
scheinbar dir geläufig sind.
Und so spielen wir mit Worten,
spielen Pingpong Satz um Satz,
bewerfen uns mit Wortetorten,
und wir spielen für die Katz.

Manchmal, wenn ich Lieder singe,
schräg und kantig, doch von mir,
weiß ich nicht, ob du mir zuhörst
oder ob mein Lied verliert
in dem Wettklang um die Ohren,
der tagtäglich um dich ringt –
viele Worte gehn verloren,
wenn ihr Sinn nicht zu dir dringt.

Manchmal hör ich eine Stimme
tief in mir und wohlvertraut,
doch ich mag sie grad nicht hören,
übertöne sie dann laut,
dann vermeide ich die Stille,
weil dort diese Stimme spricht,
such das Laute, Grelle, Schrille,
mache Herz und Ohren dicht.

Da zu sein

Da zu sein,
wo andre dich verlassen,
still die Hoffnung
für dich tragen,
die dem Schmerz wich
und den Fragen –
da zu sein,
mit dir zu klagen.

Da zu sein,
wo du nicht bist,
dich zurückziehst
aus dem Leben.
Chancen, die
du nicht mehr siehst,
dir und mir
neu zu geben.

Da zu sein,
wo Worte nicht mehr tragen.
Hände halten Hände,
Hand in Hand,
halten dich gerad'
in jenen Tagen
ohne Halt,
ohne festen Stand.

Um da zu sein,
ist er gekommen:
mitzuleben,
mitzuklagen,
mitzuhoffen,
mitzuwagen –
über Grenzen uns zu tragen.

Sei behütet

Sei behütet auf deinen Wegen,
sei behütet auch mitten in der Nacht.
Durch Sonnentage, Stürme und durch Regen
hält der Schöpfer über dir die Wacht.

Mitten in der grauen Alltagswelt,
die sang- und klanglos mich beengt,
höre ich ein Lied, das mir gefällt
und das mir Perspektiven schenkt.

Immer wenn wir auseinandergehn,
spür ich Trauer, fühl ich mich allein,
und bis wir uns wieder einmal sehn,
solln die Worte dein Begleiter sein.

Manchmal, wenn ein Tag zu Ende geht
und die Nacht durch alle Ritzen dringt,
spüre ich den Wind, der uns umweht
und diese Zeilen mit sich bringt.

Momente an einem einsamen Strand, der Ausblick auf das schier endlose, mit dem Horizont verschmelzende Wasser, der Duft von Salz und Meeresluft – das alles hilft mir, klarer zu werden, intensiver zu hören, zu fühlen und zu sehen, wie ich und wie wir leben können.

Hellhörig

Hell hör ich
auf weißem Sand
Wellen rollen
hin und her.
Hör sie rauschen
an den Strand,
weiten
die Gedanken mir.

Wind und Wellen –
Ewigkeit –
spielt und tanzt
mit mir,
tragt mich fort
für kurze Zeit.
Tragt mich
auf das Meer.

Hellhörig – das Helle hören,
Licht und Klarheit
dem Verstand.

Hellhörig – das Dunkle hören,
Dumpfes aus dem
Schattenland.

Hell hör ich
die Tiefe klingen,
unter mir:
der große Klang.
Ich beginne
einzustimmen
in den alten
Urgesang.

Lass mich tragen
von den Wellen,
treib hinaus
aufs Stimmenmeer.
Lass mich von
der Kraft erhellen,
hörig, süchtig
nur nach ihr.

Hellhörig – das Helle hören,
Licht und Klarheit
dem Verstand.
Hellhörig – das Dunkle hören,
Dumpfes aus dem
Schattenland.

Hell hör ich
die Schöpfung singen,
lausche ihrem

vollen Klang,
stimme ein
in dieses Klingen,
fange Gott
zu loben an.

Hell und wach,
so will ich leben,
hören, schauen
und verstehn.
Mich nicht schnell
zufriedengeben,
hinter die
Kulissen sehn.

Hellhörig – das Helle hören,
Licht und Klarheit
dem Verstand.
Hellhörig – das Dunkle hören,
Dumpfes aus dem
Schattenland.

Hell hör ich
auf weißem Sand
Wellen rollen
hin und her.
Hör sie rauschen
an den Strand,
weiten die
Gedanken mir.

Halte die Freiheit im Spiel

Halte die Freiheit im Spiel,
schenk deinen Träumen doch Flügel.
Grüble und wühl nicht so viel,
zieh nicht so eng deine Zügel.
Liebe und zieh mit dem Wind
über den Horizont.
Suche und finde das Kind,
das in deinem Herzen wohnt.

Halte die Freiheit im Spiel,
atme durch und dabei
erwarte nicht gleich viel zu viel,
sonst sind wir nicht mehr frei.
Liebe und zieh mit dem Wind
über den Horizont.
Suche und finde das Kind,
das in deinem Herzen wohnt.

Halte die Freiheit im Spiel,
Schöpfung atmet im Hauch.
Spür, das ersehnte Ziel
kribbelt und kommt aus dem Bauch.
Liebe und zieh mit dem Wind
über den Horizont.
Suche und finde das Kind,
das in deinem Lächeln wohnt.

Die Kleinen sind das Größte

Kinderwelt, Wunderwelt

Kinder sind ein Geschenk Gottes. Mit wachen Augen und weit offenen Herzen entdecken sie die Welt: Schritt für Schritt. Kinder brauchen Zeit, viel Zeit und viel Zärtlichkeit – wohl den Eltern, die sich diese Zeit nehmen, denn sie machen auf einmal die Erfahrung, dass nicht nur die Kinder viel Zeit und viel Zärtlichkeit brauchen, sondern auch wir Erwachsenen. Wir haben es nur verlernt, uns den Freiraum für »Zeit und Zärtlichkeit« zu erhalten: Wir stehen unter Stress, sind unter Termindruck, haben Wichtigeres zu tun. Wirklich? Wer sich bewusst die Zeit nimmt, auf die Knie zu gehen und sich auf das Spiel eines Kindes einzulassen, wird auf einmal merken: Es gibt für diesen Moment nichts Schöneres und nichts Wichtigeres, als dieses kleine Menschlein für kurze Zeit auf seiner atemlosen Entdeckungsreise zu begleiten. Ich werde dadurch selber wieder ruhig und lerne zu staunen über die kleinen Dinge – den Käfer, die Blume, den Schmetterling –, ich erahne die wundervolle Schöpfung Gottes.

Das Beste und Wichtigste

»Kinderwelt, Wunderwelt, Kinderaugen sehn: Diese Welt ist wunderschön. Schau hin, du wirst verstehn«, heißt es in einem Kinderlied. Kinder können uns mit auf ihre Entdeckungsreise nehmen und uns helfen, den Zauber dieser Welt und das Schöne in unserem Leben wieder neu wahrzunehmen. Natürlich sind Kinder auch anstrengend, kosten Zeit, Geld und vor allem Nerven, aber sie sind die Hoffnungsträger und die Zukunft dieser Welt. Zeit, Geld und Nerven in Kinder zu investieren, ist das Beste und das Wichtigste, was ein Mensch tun kann. Diese Erkenntnis ist leider, zumindest in unserer Gesellschaft, nicht sehr weit verbreitet – Deutschland ist kein sehr »kinderfreundliches Land«. Sei es im Lokal, auf Hinterhöfen, in Mietshäusern oder in einem Zugabteil – nur selten sind Kinder wirklich willkommen, nur selten sind wir bereit, zu akzeptieren, dass Kinder laut, verspielt, ausgelassen und wütend sein können. Viele von uns haben es scheinbar vergessen: Auch wir waren mal Kinder und durften uns entfalten – oder vielleicht besser: hätten uns gerne entfaltet.

»Werdet wie die Kinder …«

»Wenn ihr nicht werdet wie die Kinder, so werdet ihr nicht in das Himmelreich kommen«, hat Jesus einmal gesagt. Ich verstehe das so: Wenn ich nicht zu einer Ursprünglichkeit zurückfinde, wie Kinder sie haben, werde ich niemals verstehen, was es heißt, ein Kind Gottes zu sein. Denn das sind wir alle: Kinder Gottes. Wir haben es nur verlernt, zu staunen und wie Kinder auf Gott und auf das Leben zu vertrauen. Kinder können uns helfen, diese Spur in unserem Leben wieder neu zu entdecken und zu staunen über die kleinen und großen Wunder dieser Welt.

Das Wort zum Alltag (Gong)

Wenn dein Kind dich morgen fragt ...

»Papa, wo war ich, bevor ich geboren wurde?« Die Wangen der kleinen Svenja glühen vor Aufregung, sie hat so viele Fragen, und die stellt sie natürlich ihren Eltern. Kinder gehen davon aus, dass Mama und Papa immer irgendeine halbwegs zufriedenstellende Antwort auf ihre Fragen haben.

»Wenn dein Kind dich morgen fragt« – ein Satz aus dem Alten Testament ist die Losung des 30. Deutschen Evangelischen Kirchentages. Dass Kinder fragen, ist völlig normal. Ein wenig beunruhigend ist das Wort »morgen«, denn dabei geht es um die Zukunft, um die Welt, die wir *heute* verantwortlich gestalten müssen, um künftig unseren Kindern noch in die Augen sehen zu können. Ältere Menschen, die das Dritte Reich noch miterlebt haben, wissen ein Lied davon zu singen, wie wenig Verständnis die nachfolgende Generation für die eigene Passivität und anschließende Sprachlosigkeit in Bezug auf Nazi-Deutschland hatte und hat. In manchen Familien war und ist deshalb dieses Thema ganz einfach tabu – danach durfte man nicht fragen.

»Wenn dein Kind dich morgen fragt« – ein Satz aus der jüdischen Liturgie möchte uns daran erinnern, dass es viele Fragen in Bezug auf ein »Gestern« gibt, auf die nur wenige oder gar keine Antworten gegeben wurden. Dieser Satz möchte uns aber auch herausfordern, das Leben auf dieser Erde heute so verantwortlich zu gestalten, dass wir morgen weder den Blick in den Spiegel noch eine Antwort scheuen müssen. Denn eines ist sicher: Ob gestern, ob heute oder ob morgen – Kinder werden immer fragen und sie haben ein Recht auf unsere ehrliche Antwort.

Das Wort zum Alltag (Gong)

Wenn dein Kind dich morgen fragt …

Wie kann ich glauben
in einer Welt, die nur noch glaubt,
was man in Zahlen
auf dem Konto sieht?
Wie kann ich glauben
an einen Gott, der Liebe wagt?
Was soll ich sagen,
wenn mein Kind mich fragt?

Wie kann ich leben
in einer Welt, die leblos wirkt,
wo's keinen Spielraum mehr
für Träume gibt?
Wie kann ich leben
in einer Welt, die nichts mehr wagt?
Was soll ich sagen,
wenn mein Kind mich fragt?

Was wirst du sagen
zu all den Fragen?
Was wirst du sagen,
was hast du gewagt?
Was wirst du sagen,
wenn dein Kind dich morgen fragt?

Wie kann ich handeln
in einer Welt, die es nicht schafft,
an einem Strang zu ziehn

zum Wohl der Welt?
Wie kann ich handeln,
wenn jegliche Vernunft versagt?
Was soll ich sagen,
wenn mein Kind mich fragt?

Doch ich will glauben
an einen Gott, der uns vertraut
und dessen Liebe uns
und diese Welt belebt.
Er prägt mein Handeln,
darum bleib ich unverzagt.
So will ich leben,
wenn mein Kind mich fragt.

Was wirst du sagen
zu all den Fragen?
Was wirst du sagen,
was hast du gewagt?
Was wirst du sagen,
wenn dein Kind dich morgen fragt?

Morgens um Viertel vor sieben

Dass Kinder fragen, ist etwas ganz Natürliches. Unser Sohn Robin hatte, als er etwa sieben Jahre alt war, morgens um Viertel vor sieben seine philosophischen fünf Minuten. Einmal fragte er mich: »Du Papa, sag mal, woher weiß ich eigentlich, dass ich das, was ich erlebe, auch tatsächlich erlebe und nicht nur träume? Und wie steht es dann mit meinen Träumen? Kann man träumen, dass man träumt?« Morgens früh um Viertel vor sieben. Unsere Kinder haben ständig Fragen: »Du Papa, sag mal, wie wird eigentlich eine Büroklammer gemacht?« Wie gut ist es, denke ich da manchmal, dass es die »Sendung mit der Maus« gibt, denn die beantwortet solche Fragen: »Das ist Herr Müller. Herr Müller ist ein Schmied. Ein Schmied arbeitet mit Eisen. Das ist zwar komisch, aber das ist so …«, und irgendwann landen die dann bei der Büroklammer. Indem sie eine Geschichte erzählen, erklären sie es so, dass sogar ich es verstehe.

Wie spannend und wie kostbar ist der Moment, wenn Kinder nach dem Glauben fragen, wenn sie wissen wollen: Wo komm ich her und wo gehe ich hin? »Du Papa, sag mal, der Tim in der Schule behauptet, den lieben Gott gibt es gar nicht. Ich habe ihn auch noch nicht gesehen. Warum glaubst du eigentlich an Gott?«

Morgens früh um Viertel vor sieben glaube ich eigentlich noch gar nichts, aber wie gut ist es dann, wenn wir nicht ausweichen, sondern versuchen (vielleicht mit roten Ohren und stotternder Stimme), eine wirkliche Antwort zu geben. Wie gut ist es dann, wenn wir (ähnlich wie »Die Sendung mit der Maus«) eine Geschichte erzählen können, die erklärt, warum ich an Gott glaube. Denn genau das wird uns im fünften Buch Mose geraten: »Wenn dein Kind dich morgen fragt:

Warum haltet ihr fest an dem Gott der Väter?, dann erzähle ihm die Geschichte deines Glaubens.« (Sinngemäß)

Und wenn ich jemand anderem, besonders einem Kind, versuche zu erklären, warum ich Christ bin und an Gott glaube, mache ich eine ganz erstaunliche Erfahrung: Ich erkläre es nicht nur dem anderen – ich erkläre es auch mir selbst. Ich erinnere mich an meine eigene Geschichte, ich entdecke meine eigenen Bilder und finde meine eigene Sprache für das, was meinen Glauben ausmacht. Unsere Sprachlosigkeit ist sicherlich eine der großen Krisen der aktuellen Christenheit. Wir haben es verlernt, frei und ganz natürlich, vielleicht sogar begeistert über unseren Glauben zu reden. Wir haben es verlernt, unserer eigenen Geschichte und den vielen Bildern in uns zu vertrauen. »Lass jemanden erzählen von dem, was ihn letztendlich trägt, und er erstrahlt in seiner Würde«, hat der Kabarettist Hanns Dieter Hüsch einmal gesagt. Vertrauen wir doch der Kraft der Erzählungen und Bilder, der Kraft unserer eigenen Sprache, die dann wach wird, wenn ein Kind uns plötzlich fragt: »Und warum glaubst du an Gott?«

Schatten der Kindheit

In dem TV-Vierteiler »Der Schattenmann« habe ich sie bewundert, die blonde Schönheit, und seitdem immer wieder mal ihren Namen gehört oder gelesen – nicht zum letzten Mal im Juni 2004: Jennifer Nitsch ist tot. Sie hat sich aus einem Fenster ihrer Münchner Wohnung zu Tode gestürzt. Unmittelbar wurden Erinnerungen an den Tod des Schlagersängers Rex Gildo wach, der sich ebenfalls aus einem Fenster seiner Münchner Wohnung gestürzt hatte.

Sexueller Missbrauch

Berichten zufolge hatte die 37-jährige Schauspielerin seit Längerem mit Selbstmordgedanken gespielt. Immer wieder habe sie sich selbst verletzt, um die Tatsache, dass sie als Kind sexuell missbraucht wurde, irgendwie zu verarbeiten. Ihr selbst gewählter Tod war wohl ein letzter hilfloser Aufschrei. Schätzungsweise 200 000 Kinder werden jährlich, meist im Umfeld der eigenen Familie, sexuell missbraucht. Sexueller Missbrauch bedeutet, dass ein Erwachsener oder Jugendlicher seine körperliche und geistige Überlegenheit sowie die Unwissenheit eines Mädchens oder Jungen benutzt, um die eigenen sexuellen Bedürfnisse zu befriedigen. Missbrauchte Kinder leiden ein Leben lang, der erlittene seelische Schaden ist unermesslich. Jennifer Nitsch hat dieses Leiden letztendlich wohl in den Tod getrieben.

Erhöhte Aufmerksamkeit

»Wer einen dieser Kleinen verführt, für den wäre es besser, dass ein Mühlstein an seinen Hals gehängt und er ersäuft würde«, hat Jesus von Nazareth einmal gesagt. Sexueller Missbrauch ist seelischer Mord auf Raten und ein missbrauchtes Menschenkind schleppt diese ungeheure Last wie einen Mühlstein ein Leben lang mit sich herum – kein Wunder also, dass Jesus solch drakonische Strafmaßnahmen fordert und uns alle, gerade im engsten Umfeld, zu erhöhter Wachsamkeit auffordert. Der laute, letzte Aufschrei von Jennifer Nitsch sollte uns endgültig wecken!

Das Wort zum Alltag (Gong)

Ich säge euch

Meine Frau Rosi, unser damals zweieinhalbjähriger Sohn Robin und ich waren zu Gast bei Elisabeth, Hermann und deren Kindern, einer befreundeten Pfarrersfamilie. Wir hatten gut gegessen und getrunken und saßen plaudernd im Wohnzimmer.

David, der sechs Jahre alte Sohn unserer Freunde, und unser kleiner Robin hatten sich ins Spielzimmer verkrümelt, aus dem sie ab und zu einmal auftauchten, in das sie aber auch gleich wieder verschwanden. Das ging so etwa eine Dreiviertelstunde. Irgendwann hatte der sechsjährige David den Hut seines Vaters auf dem Kopf und rief in die Runde: »Ich feiere jetzt einen Gottesdienst mit euch – jetzt muss aber jeder erst mal ein Gedicht aufsagen.«
Alle schauten erstaunt, machten aber mit. Elisabeth fing an: »Lieber Gott, mach mich fromm, dass ich in den Himmel komm.« Dann schloss sich Rosi an: »Abend ward, bald kommt die Nacht, schlafen geht die Welt.« Ich kramte einen Achtzeiler von Heinz Erhardt aus meiner Erinnerung: »Der Opa ist ein frommer Mann, drum liest er in der Bibel. Die Oma schneidet nebenan fürs Abendbrot die Zwiebel. Der Opa ist ein frommer Mann, er weint um seine Sünden. Auch Omama weint nebenan, jedoch aus andern Gründen.« Als Letzter kam Hermann mit: »Alle meine Entchen schwimmen auf dem See, Köpfchen in das Wasser, Sünden in die Höh'.«
Der kleine Liturg David fuhr fort: »Jetzt lassen wir die Pfeffermühle herumgehen und jeder macht sich Pfeffer auf die Hand, gibt die Mühle weiter und isst seinen Pfeffer …« Schweigend und schmunzelnd taten wir, wie uns geheißen, und stellten fest, dass Pfeffer pur gar nicht so schlecht schmeckt.
David hatte noch weitere Ideen: »Und jetzt singen wir ein Lied …«

Wir stimmten die Popversion an von »Alle guten Gaben, alles was wir haben, kommt o Gott von dir. Alle guten Gaben, alles was wir haben, Herr wir danken dir.«
In der Zwischenzeit hatte David seine »Schatztruhe« herausgeholt und seiner Mutter (Elisabeth) ein Holzstückchen in die Hand gegeben: »Jeder soll jetzt mal riechen!« Wir gaben das Holzstückchen »durch die Reihe« und jeder roch kräftig an dem Holz: »Hmm, wie gut das riecht«. Dann nahm David das Holzstück wieder an sich und reichte jedem von uns zwei kleine Kieselsteine – mit den sehr weisen Worten: »Seht und fühlt, was der Stein euch erzählt!« Spätestens jetzt mussten wir laut losprusten vor Verzückung und Heiterkeit, die dieser Moment ausstrahlte. Hatte dieser kleine Mensch doch völlig eigenständig eine neue liturgisch klingende Formulierung gebracht: »Seht und fühlt, was der Stein euch erzählt« – großartig, das würde uns keiner glauben. Nachdem wir so gesehen, gefühlt, gerochen, geschmeckt und gehört hatten – intuitiv hatte der kleine Mann alle fünf Sinne erfasst –, sagte David: »So, jetzt ist der Gottesdienst aus.«
»Und wer segnet uns?«, fragte Elisabeth erstaunt. Das war der Moment, auf den unser kleiner Robin gewartet hatte. Er hatte nämlich unser »gottesdienstliches Treiben« voller Erstaunen und Faszination verfolgt, und als nun Elisabeth nach dem Segen fragte, sprang er auf, holte flugs aus einer Ecke des Wohnzimmers seine kleine Plastikmotorsäge und rief: »Ich säge euch!«

Kinder

Jedes Kind,
seht und bedenkt,
hat Gott zu seiner Zeit
uns und dieser
Welt geschenkt
und ist uns noch nicht leid.

1. Denn als Kind
in dunkler Nacht
hat er sich auf
den Weg gemacht,
damit wir sehn
und es verstehn:
Trotz aller Widrigkeit –
Gott ist uns noch nicht leid!

2. Damals schon
gab's wenig Raum
für ein Kind
und für den Traum,
der uns berührt,
ins Leben führt:
Trotz aller Widrigkeit –
Gott ist uns noch nicht leid!

3. Wenn ein Kind,
mal überdreht,
dir kräftig auf

die Nerven geht,
dann denk daran,
o Frau, o Mann:
Trotz aller Widrigkeit –
Gott ist uns noch nicht leid!

David und seine Großmutter (Für David)

Sie war 85 Jahre alt – meine Großmutter.
»Alt genug«, sagte sich so mancher.
»Alles hat ein Ende«, dachte sich wohl auch die Großmutter.
Ich konnte sehen, wie die Dinge ihr immer schwerer von der Hand gingen.
Ich konnte spüren, wie müde sie war, meine Großmutter.
Lebensmüde? Lebensmüde sicher nicht, eher altersmüde.
Sie sprach in dieser Zeit öfter davon, dass es jetzt wohl nicht mehr lange dauern würde.

In jenen Tagen verlor meine Großmutter jegliches Gefühl für Zeit und Abläufe, kurzum für das, was wir den »normalen Alltag« nennen.
So geschah es zum Beispiel, wenn ich manchmal erst spät nach Hause kam, dass ich meine Großmutter in bester Laune am Frühstückstisch antraf.
Einmal bei solch einer Gelegenheit, als sie wieder einmal nachts um ein Uhr am Frühstückstisch saß, schaute sie mich lange nachdenklich an und fragte schließlich: »Wo ist die Großmutter?«
Ja, das war die Frage: »Wo war die Großmutter?«

Wenige Wochen später zog eine junge Familie in den ersten Stock,
wenige Wochen später lachte ein Kind im Treppenhaus,
wenige Wochen später stand ein kleiner Junge im Wohnzimmer meiner Großmutter
und schüttete seinen OMO-Eimer voller Bauklötze und Spielsachen polternd quer durch den Raum.

Heute ist meine Großmutter 87 Jahre alt.
Als ich sie neulich mal besuchen wollte,
saß sie zusammen mit ihrem neuen, kleinen Freund vor dem
Fernsehgerät.
Das kleine alte Sofa war dicht herangerückt.
Ohne einen Blick von dem Gerät abzuwenden,
mehr nebenbei, nahm sie mich wohl zur Kenntnis,
doch in den konzentriert leuchtenden Augen meiner Großmutter
spiegelte sich die Gute-Nacht-Geschichte vom Sandmännchen.

Ein Kind verändert die Welt

Ein Kind verändert die Welt
und im Lichtglanz seiner Augen
wird das Leben neu geboren
und ein Glück, das längst verloren,
wie aus heiterem Himmel fällt –
ein Kind verändert die Welt.

Ein Kind verändert die Welt,
doch zu all den schönen Tagen
gesellt sich Angst um einen Menschen,
für den ich nur das Beste wünsche,
dass ihn das Leben nicht verprellt –
ein Kind verändert die Welt.

Ein Kind verändert die Welt
und mit seinen kleinen Händen
trägt es mühelos die Lasten
und lässt mich ein wenig rasten
von der Hast, die mich entstellt –
ein Kind verändert die Welt.

Kaum zu glauben,
wie ein kleiner
Mensch dich übermannt,
fühl mich völlig,
fühl mich herzlich,
restlos überrannt,
habe keine Ahnung,

wie das noch werden soll,
doch ich finde diese Kleinen
einfach wundervoll.

Ein Kind verändert die Welt
und liegst du in meinen Armen,
weiß ich, dass mir nichts mehr fehlt,
ein Gefühl, das mir gefällt –
mein Kind verändert die Welt.

Viele Texte zu meinem letzten Album »Aus heiterem Himmel« waren inspiriert durch die Geburt unseres Sohnes Robin. Drei Jahre später kam noch so ein Gottesgeschenk zur Welt, unsere Tochter Enya.

Ja, dein Lächeln

Ja, dein Lächeln
verwandelt mein Leben.
Es strahlt durch
jede Nebelwand.
Über Sorgen
und trübe Gedanken
behält es die Oberhand.

Mensch, ich staune
über das Wunder,
das da mit dir
wächst und gedeiht.
Und ich merke
dabei mitunter:
Wie im Traum
verfliegt nun die Zeit.

Klar, es gibt sie noch,
die trüben Tage.
Längst nicht alles
ist wie Sonnenschein.
Doch wenn ich mich mal
zu sehr beklage,
holt dein Lachen
und Glucksen mich ein.

Du bist unsre kleine
Prinzessin,
du kannst auch
ein Ferkelchen sein,
denn dann sabberst,
schmierst und kleckerst
du alles um dich herum ein.

Ja, dein Lächeln
verwandelt mein Leben.
Es strahlt durch
jede Nebelwand.
Über Sorgen
und trübe Gedanken
behält es die Oberhand.

Wunschkind

Manchmal
denken wir:
Vielleicht war
ich gar nicht erwünscht.
Vielleicht
war meine Geburt
ein Versehen.

Erwünscht
war deine Geburt
in jedem Fall
von Gott.

Unter Millionen
von Bewerbern
wurde dir
allein
das Leben
geschenkt.

Du bist ein Wunschkind!

Meine Zeit in deinen Händen

Geht's dir gut?

»Geht's dir gut?«, werde ich in letzter Zeit immer wieder mal gefragt. Also nicht mehr: »Wie geht es dir?«, sondern: »Geht's dir gut?«, gerade so als wollte mir mein Gegenüber mitteilen: »Bitte äußere dich nur, wenn es dir gut geht! Wenn es dir schlecht geht, dann möchte ich das nicht hören, denn ich habe keine Zeit und auch keine Lust auf schlechte Nachrichten!« Es ist schon klar, auch auf die Frage »Wie geht es dir?« wird die Antwort »Danke, gut!« erwartet, aber scheinbar haben immer mehr Menschen dieses »Wie geht es dir?« ernst genommen und ausführlich darauf geantwortet – aber so war es nicht gemeint, und deshalb höre ich jetzt immer öfter gleich die einschränkende Frage: »Geht's dir gut?«

Wie geht es mir? Oder anders gefragt: Wie ergeht es mir momentan in meinem Leben? Wie geht es mir mit meiner Arbeit, mit meiner Familie, mit meinen Hobbys? Wie geht das Leben mit mir um? Geht es überhaupt oder stockt es, staut sich was oder taumle ich? Spannende Fragen, die sich zwischen Tür und Angel gar nicht so leicht beantworten lassen, Fragen, für die es Zeit bräuchte, sie mir selbst und erst recht einem anderen zu beantworten – Zeit, die wir meist nicht haben.

»Gott, schenke mir Kraft, mir die Zeit zu nehmen, mein Gehen, mein Schlafen, mein Denken, mein Leben zu hören, zu sehen und dann zu verstehen«, heißt es in einem Gebet und ich möchte es gerne ernst nehmen und auch diese Frage will ich »ernst nehmen«, indem ich mir »Zeit nehme« und allen Ernstes frage: »Wie geht es dir?«

Das Wort zum Alltag (Gong)

Entspannen und abschalten

Wir fahren gerne in den Urlaub. Schon im Herbst wird mit der ganzen Familie geplant und diskutiert: »Wohin fahren wir denn nächstes Jahr?« Kataloge werden gewälzt, Freunde befragt: »Wo seid ihr denn im letzten Sommer hingefahren? War es schön? Nicht zu laut? Wie war das Essen?« Urlaub, das bedeutet: raus aus dem normalen Alltag, raus aus der gewohnten Umgebung. Urlaub bedeutet Abstand. Manchmal reichen schon ein paar Kilometer weg von zu Hause, manchmal reicht es auch schon, einfach mehr Zeit für sich und die Familie zu haben – Zeit zum Spielen, Zeit zum Reden oder einfach Zeit, mal wieder ein gutes Buch zu lesen. Wir brauchen diese Oasen der Freizeit, unser Körper braucht sie, aber auch unsere Seele. Wenn es irgendwie geht, fahren wir ans Meer. Sonne, Meer und Strand, das mag wie ein Klischee klingen, aber viel mehr braucht es nicht, da kann ich mich richtig gut entspannen.

Doch bevor das geliebte Meer in Sichtweite kommt, sind noch viele Vorbereitungen nötig: Die Wohnung muss gebucht, das Auto muss gepackt, die Kinder müssen auf die lange Fahrt eingestimmt werden. Dann kommt die lange Reise: Hitze, Staus und Reisestress und die Seufzer von der Hinterbank: »Papa, wann sind wir endlich da?« Irgendwann jedoch ist selbst die weiteste Reise zu Ende, irgendwann ist das Urlaubsdomizil bezogen und irgendwann stehen wir dann mit Schwimmente, Schnorchel und Luftmatratze am heißen Strand und atmen die Meeresluft. Und schon merken wir: Die Entspannung beginnt – vieles, was zu Hause und bei der Arbeit noch ganz, ganz dringend erledigt werden musste, ist jetzt auf einmal ganz weit weg und völlig nebensächlich.

Den Bogen nicht überspannen

Ich bedaure immer die Zeitgenossen, die auch im Urlaub, auch am Strand noch ihr Handy dabeihaben und ihren »ganzen Kram von zu Hause« auch mit in den Urlaub schleppen – sie schalten einfach nicht ab. Ein Sportschütze, der mit Pfeil und Bogen umgeht, weiß: Er muss seinen Bogen immer wieder entspannen, sonst verliert er seine Kraft und ist irgendwann völlig überspannt. Das gilt auch für uns Menschen, auch wir können unseren Bogen überspannen, wenn wir es nicht schaffen, uns zu entspannen. Deshalb ist Urlaub so wichtig. Im Buch Prediger lesen wir: »Gott hat alles schön gemacht zu seiner Zeit, auch hat er den Menschen die Ewigkeit in ihr Herz gelegt.« Wenn wir es schaffen, hier und da mal abzuschalten, unseren Bogen zu entspannen und dem Zeitdruck zu entfliehen, werden wir sie vielleicht erahnen, die Gelassenheit der Ewigkeit – in diesem Sinne wünsche ich Ihnen einen schönen Urlaub.

Das Wort zum Alltag (Gong)

Hauptsache mobil

Da stehe ich und unterhalte mich mit einem Bekannten und plötzlich meldet sich dessen Handy. Doch anstatt dieses auf stumm zu schalten oder dem Anrufenden kurz zu signalisieren: »Du, ich kann jetzt nicht – ich rufe dich später zurück«, beginnt derjenige ein neues Gespräch mit jemandem, den ich nicht kenne und nicht sehe. Ich, der direkte Gesprächspartner, bin scheinbar plötzlich weniger interessant und muss warten – eine unangenehme Erfahrung.

Rund 70 % der Deutschen besitzen und benutzen ein Handy. Und damit wird auch fleißig und praktisch überall kommuniziert. Sicher, wir können einander besser und schneller erreichen. Aber ist das wirklich gut, vor allem dann, wenn die Menschen, mit denen man sich von Angesicht zu Angesicht befindet, dabei völlig ausgeblendet werden? Vielfach hat man doch den Eindruck, dass ein Fernkontakt, mit dem jemand akustisch oder per SMS in Kontakt steht, wichtiger ist als der reale Nahkontakt. Ich glaube, dass unsere Begegnungen durch die Handykultur eher ärmer als reicher geworden sind.

»Was ist der Mensch, dessen Zeit dahinhuscht wie ein Schatten, dass du ihn beachtest?«, fragt ein Sänger in den Psalmen der Bibel. Wenn schon unser Leben, aus biblischer Sicht, vorbeizieht wie ein Schatten, dann sollten wir das Tempo nicht noch erhöhen und nicht versuchen, an zwei oder drei Orten gleichzeitig zu sein, sondern vielleicht die Schönheit des Augenblicks neu entdecken. Manchmal, im Urlaub zum Beispiel, wenn ich einfach mal etwas langsamer werde, entdecke ich Dinge, die ich sonst übersehen hätte – verpasstes Leben in einer ohnehin begrenzten Zeit.

Das Wort zum Alltag (Gong)

Okay, ich gebe es ja zu, mich faszinieren sie ja auch, diese kleinen, drahtlosen Geräte, mit denen wir fast grenzenlos kommunizieren können. Aber wer scheinbar ohne dieses Teil nicht mehr leben kann und ständig meint, immer und überall »empfangsbereit« sein zu müssen, für den gilt der alte Satz: »Wer immer und für alles offen ist, der kann nicht ganz dicht sein!«

Hauptsache mobil II

In einer engen Zelle,
da sitzt allein ein Mann,
hält in der Hand ein Klötzchen
und ruft zu Hause an:
»Ich sitze hier, Block 17,
noch ein paar Jahre ein,
das könnte mich verdrießen,
doch ich bin nicht allein ...«

Ich gehe durch die Straßen
und habe was am Ohr,
wir reden dies und das,
das kommt schon einmal vor:
»Ich lege auf, ach schade«,
ruf ich dem andern zu.
»Ich treffe dich gerade,
dann reden wir in Ruh.«

Hauptsache – mobil
egal wo ich bin,
Hauptsache – mobil
denn mir steht der Sinn
Hauptsache – mobil
nach einem Gespräch
Hauptsache – mobil
von unterwegs.

In irgendeiner Kneipe,
da sitzen drei am Tisch,
die Hand liegt an der Wange,
sie unterhalten sich,
nur nicht mehr miteinander,
sie reden wirr und laut,
mit irgendwelchen andern
hat sich »was aufgebaut«.

Hauptsache – mobil
egal wo ich bin,
Hauptsache – mobil
denn mir steht der Sinn
Hauptsache – mobil
nach einem Gespräch
Hauptsache – mobil, mobil
von unterwegs.

Die Stille einer Kirche,
den Sonnenuntergang,
kann ich nicht mehr genießen,
ich weiß, gleich fängt es an:

Gleich macht es Düdeldüdel,
denn irgendeiner hält
sich selbst für unentbehrlich
auf dieser, in dieser, unsrer Welt.

Zur rechten Zeit

»Ich habe zwei Nachrichten für Sie: eine gute und eine schlechte. Welche wollen Sie zuerst hören?« Wir alle kennen diesen Satz und wissen dabei, dass es nicht nur darauf ankommt, wie uns eine Nachricht überbracht wird, sondern vor allem auch wann und zu welchem Zeitpunkt. Wenn also die Deutsche Bank einerseits strahlend verkündet, sie habe im vergangenen Jahr 2,4 Milliarden Euro Gewinn gemacht, und im selben Atemzug bekanntgibt, 6000 Arbeitsplätze zu streichen, so ist der Zeitpunkt für die schlechte Nachricht äußerst ungeschickt gewählt, nämlich so, dass jeder den Kopf schütteln muss und die gesamte Äußerung nur noch als zynisch empfinden kann.

Jede und jeder, der einmal verliebt war, weiß, wie sehr man den richtigen Augenblick herbeisehnt, in dem man sich dem geliebten Menschen offenbaren kann. Dieser Moment muss geradezu perfekt sein, da darf nichts stören oder den anderen gar irritieren – so etwas kann man nicht »zwischen Tür und Angel« sagen – es braucht einfach den richtigen Zeitpunkt.

»Alles hat seine Zeit«, lesen wir beim Prediger im Alten Testament und auch im Neuen Testament gibt es im griechischen Urtext das Wort »Kairos« und es beschreibt genau diesen richtigen Moment, der dazu herangereift ist, dass ich etwas Schönes, aber vielleicht auch etwas Unangenehmes so sagen kann, dass der andere es auch wirklich hören und verstehen kann. Um diesen »Kairos« zu erspüren, bedarf es einer liebevollen Sensibilität, und die wünsche ich uns allen im Umgang miteinander.

Das Wort zum Alltag (Gong)

Langsam durch die schnelle Zeit

Langsam durch die schnelle Zeit
zieht der Geist der Ewigkeit,
schaut sich die Termine an,
fragt mich: Sag, wann lebst du, wann?

Wann hast du mal Zeit zu sehen,
was um dich herum geschieht,
Zeit, auch Dinge zu verstehen,
die das Auge übersieht.
Abgehakt und abgelegt,
wie Terminkalender
schmeißt du deine Jahre fort,
ohne was zu ändern.

Langsam durch die schnelle Zeit
zieht der Geist der Ewigkeit,
schaut sich die Termine an,
fragt mich: Sag, wann lebst du, wann?

Wann hast du mal Zeit, zu lauschen
in die Stille, wie sie klingt?
Hörst du noch die Wellen rauschen
in der Muschel, wenn sie singt?
Du kannst lernen, zu verstehen,
wo ein Mund den Dienst versagt.
Mit dem Herzen hinzusehen,
lernt, wer so zu hören wagt.

Langsam durch die schnelle Zeit
zieht der Geist der Ewigkeit,
schaut sich die Termine an,
fragt mich: Sag, wann lebst du, wann?

Wann hast du mal Zeit zu leben,
durchzuatmen, ein und aus?
Hast du dich schon aufgegeben?
Wie sehn deine Träume aus?
Stemme die Füße in den Sand,
spür den Boden, der dich hält,
Teil der großen starken Hand,
Teil des Schöpfers dieser Welt.

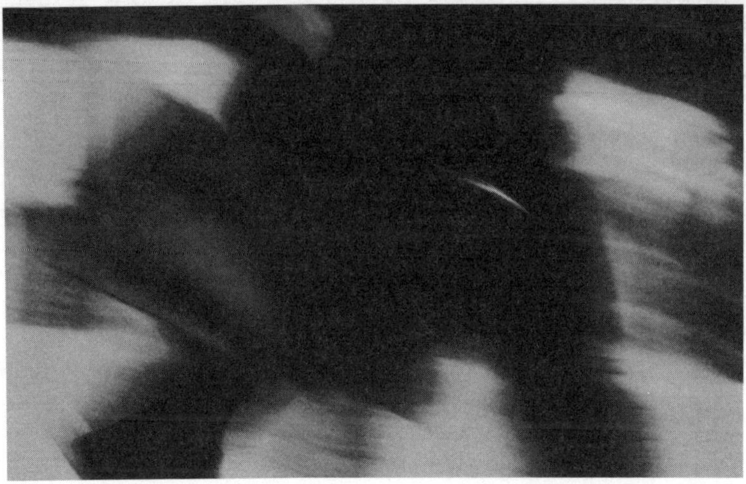

Diamantenraum

Endlich angekommen,
endlich hab ich Zeit,
fühl mich wie benommen,
such die Einsamkeit.
Völlig überladen
tickt die Uhr voran,
ich verlier den Faden,
deshalb halt ich an.

Meine Seele atmet
langsam aus und ein,
hat auf mich gewartet,
hilft mir, der zu sein,

der ich bin und werde,
langsam, Schritt für Schritt,
unter mir die Erde,
hält und trägt mich mit.

Kostbare Momente,
Diamantenraum,
manches heiß Ersehnte,
manchen alten Traum
können sie beleben,
schenken mir die Kraft,
niemals aufzugeben
meine Leidenschaft.

Und die Wogen schlagen
über mir ein Dach,
allzu viele Fragen
halten nachts mich wach.
Wie wird alles enden,
mein Weg scheint so weit?
Hab Angst zu verschwenden
meine beste Zeit.

Hab mich hetzen lassen.
Zeitdruck im Genick
ließ mich fast verpassen
diesen Augenblick,
der so vieles wendet
hin zu meinem Glück,
ich war wie geblendet,
doch ich fand zurück.

Hin und wieder

Hin und wieder
zur Ruhe kommen
Abstand gewinnen
da sein
erkennen:
das Leben,
ein Geschenk.

Fingerspitzengefühl

Fingerspitzengefühl,
bis ins letzte Molekül
will ich mich nach vorne tasten
und nicht grobmotorisch hasten.
Selbst im allergrößten Gewühl
braucht es Fingerspitzengefühl.

Als Gott die Welt erdachte,
Milliarden von Ideen,
und sich daran machte,
dass sie nun auch entstehn,
da galt es, kleinste Nerven,
die wir ja gar nicht sehn,
zu planen und entwerfen
und nichts zu übersehn.

Ein Flugzeugbastelkasten
mit Teilen klitzeklein
braucht Finger, die ertasten,
man lernt geduldig sein.
Mit allzu großer Eile
kommt man hier nicht sehr weit.
Für jedes dieser Teile
braucht man ein bisschen Zeit.

Heut gehn wir zum Chinesen
und speisen dort etwas,
sind lang nicht da gewesen,

dabei macht es doch Spaß,
diese Delikatessen
wie süß gewürztes Huhn
mit Stäbchen aufzuessen,
da hat man was zu tun.

Wenn Kinder etwas fragen,
dann nimm dir für sie Zeit.
Versuch, etwas zu sagen
nicht aus Bequemlichkeit,
versuch, Worte zu finden,
die Kinder auch verstehn,
und Bilder zu erfinden,
die sie vor sich sehn.

Fingerspitzengefühl,
bis ins letzte Molekül
will ich mich nach vorne tasten
und nicht grobmotorisch hasten.
Selbst im allergrößten Gewühl
braucht es Fingerspitzengefühl.

Wer hat sich das ausgedacht?

Kaufhausfenster, Weihnachtsbäume
dekoriert mit Glitzerpracht,
bunte, süße Plastikträume –
wer hat sich das ausgedacht?
Alle rennen, alle hetzen,
Sekt und Schinken, Mandelbrot
in den prallen Einkaufsnetzen –
wie vor einer Hungersnot.

Alle Jahre packt mich wieder
diese Raff- und Schenkewut,
und sie fährt mir in die Glieder,
stürzt mich in die Käuferflut.

Und ich lasse mich berauschen,
kaufe, was das Konto hält,
alles ist ja umzutauschen,
wenn's dem andern nicht gefällt.

Aus den Boxen sanfte Klänge,
Lichterketten, süßer Duft,
im Geschiebe und Gedränge
atme ich die Weihnachtsluft.
Stille Nacht und eil'ge Nacht –
langsam komme ich darauf:
Die ham sich das ausgedacht,
die vom Winterschlussverkauf.

Perspektiven

»Wann habe ich endlich Geburtstag?«,
fragen die Kleinen gespannt.
»Bald werde ich endlich 18!«,
denken die Siebzehnjährigen.
»Wie feiert man mit dreißig?«,
rätseln die Zwanziger.
»Volle Kraft voraus!«,
jubeln die Bivis (bis Vierziger).
»Welch festliches Leben«,
staunen die Vierziger.
»Die Quintessenz des Lebens!«,
freuen sich die Fünfziger.
»Da fängt das Leben an …«,
sang ein 66-Jähriger.
»Ich bin gespannt, was noch kommt«,
sagen die Älteren.

Kleine Dinge

Jeden Tag »auf Achse«,
Termin folgt auf Termin.
Den Kopf voller Ideen,
so lebe ich dahin.
Doch plötzlich
fliegt die Tür auf
und Kinder kommen rein.
Frische Luft und Laune
strömt auf einmal ein.

Die Sitzung dauert lange,
ich schlafe beinah ein.
Dann endlich – eine Pause,
da fällt mir siedend ein:
Du hattest einen Arztbesuch
und dir war angst und bang.
Ich frage nach, wir reden,
doch leider nicht sehr lang.

Wie wir die Zeit verbringen,
kann jeder selber wählen.
Es sind die kleinen Dinge,
die letzten Endes zählen.

Mal prügeln mich die Launen
durch einen langen Tag,
dann mag ich keinen sehen,
weil ich mich selbst nicht mag.

Ein Lächeln, eine Geste,
oft Kleinigkeiten nur,
die bringen mich mitunter
zurück auf diese Spur:

Wie wir die Zeit verbringen,
kann jeder selber wählen.
Es sind die kleinen Dinge,
die letzten Endes zählen.

So leben wir gewichtig
und laufen langsam leer.
Wir nehmen uns zu wichtig:
Ein »Nein« fällt uns so schwer.
Drum halt ich manchmal inne
und denke kurz daran:
Der Rest von meinem Leben
fängt jetzt und heute an.

Der Deutsche Katholikentag in Hamburg (2000) hatte als Logo zu der Losung »Sein ist die Zeit« eine Sanduhr abgebildet. Dieses Bild habe ich aufgegriffen und für das »Pilgerheft« zum Deutschen Katholikentag diesen Song geschrieben:

Enges Glas

Sand rinnt durch ein enges Glas,
Korn um Korn fällt herab,
fällt zu Boden, häuft sich an,
Sand den jeder sehen kann

… meldet sich zu Wort im Bild:
Mensch, sieh und verstehe:
So wie sich das Sandglas füllt,
wird die Zeit vergehen.

Deine Zeit und meine Zeit –
Wochen, Tage, Stunden,
sind gezählt und laufen ab:
Körner wie Sekunden.

Spürst du nicht den feinen Sand
durch die Finger rinnen?
Alles fließt aus Seiner Hand:
Enden und Beginnen.

Augenblicke

Leise ging die Türe auf,
Augenblicke blieben stehen,
um sich tiefer zu versenken,
haben sie sich angesehen.
Und sie fielen ineinander,
alte Bauten stürzten ein,
während sie sich so verfielen,
dachten sie, es kann nicht sein.

Meine Mauern,
meine Wälle,
Schutz und Trutz
dem Liebeswahn,
die Vernunft
für alle Fälle,
alles fängt
zu wanken an.

Zärtlich blättern die Fassaden,
frischer Wind weht, wo er will,
und nun sind sie eingeladen,
sehen sich und werden still.
Wollen los und wollen bleiben,
suchen sich an neuem Ort,
lassen sich ein wenig treiben,
sind sich nah und wollen fort.

Meine Mauern,
meine Wälle,
Schutz und Trutz
dem Liebeswahn,
die Vernunft
für alle Fälle,
alles fängt
zu wanken an.

Leise schließt sich eine Türe,
Augenblicke reichten schon,
um zu sehen und zu fühlen,
wie viel Sehnsucht sie bewohnt.
Und sie lernen voneinander,
suchen, finden jenen Pfad,
den das Leben für die Träume
manchmal frei und offen hat.

Leise klopft der Regen (EG 327)

1. Leise klopft der Regen
an die Fensterscheiben,
lädt mich ein, im Haus zu bleiben.
So werd ich deswegen
diesen Tag genießen,
Tür und Fenster gut verschließen.
Hab heut' Zeit,
Ewigkeit
lässt sich sacht erahnen,
kann und will nichts planen.

2. Manche Leute schimpfen,
werden bei dem Wetter
nicht gerade froh und netter.
Statt die Nas zu rümpfen,
will ich heute leben,
mit der Zeit, die mir gegeben.
Wer verstimmt,
sich nicht nimmt
Zeit und andre Gaben,
wird nie welche haben.

3. Hör die Stürme brausen,
sieh die Blätter fliegen,
Bäume, die im Wind sich biegen.
Ach, es wehen draußen
oftmals kalte Winde,
da gilt es, den Ort zu finden:

wo ich still,
wie ich will,
leben kann und träumen
und den Sturm versäumen.

4. Leise klopft der Regen
an die Fensterscheiben,
lädt mich ein, im Haus zu bleiben.
So werd ich deswegen
diesen Tag genießen,
Tür und Fenster gut verschließen.
Wer verstimmt,
sich nicht nimmt
Zeit und andre Gaben,
wird nie welche haben.

Getragen und geliebt

Überraschung!

Als der amerikanische Komiker Woody Allen einmal gefragt wurde, ob er an die Auferstehung glaube, soll er geantwortet haben: »Nein, aber ich bin offen für Überraschungen!« Damit hat er auf humorvolle Weise den Kern dessen getroffen, was eine Auferstehung ausmacht – sie kommt in jedem Fall überraschend. Wer tot ist, ist tot und rechnet nicht mehr, schon gar nicht mit einer Auferstehung. Und die Trauernden, die den Toten ad acta gelegt und begraben haben, rechnen auch nicht damit, dass da jemand wiederkommt aus dem Reich der Toten.

»Wir wollen aufstehn, aufeinander zugehn, voneinander lernen, miteinander umzugehn«, heißt es in einem Song, der 2005 immer wieder in der Sarah-Kuttner-Show (Viva) von einem der Redakteure zur Gitarre gesungen wurde. Mal lief er dieses Lied singend durch eine triste Kantine, mal saß er in einem Autoscooter auf einem großen Rummelplatz und hatte immer die Überraschung mit im Gepäck, dass sich die Leute in den skurrilsten Situationen plötzlich aufgefordert sahen, aufzustehen und aufeinander zuzugehen. Auferstehung kommt immer überraschend. Wenn ein Alkoholiker plötzlich trocken wird und zum normalen Leben aufersteht, ist das eine Überraschung. Wenn eine Hausfrau und Mutter mit fünfzig aufsteht, sich wieder an ihre Träume erinnert und noch einmal studiert oder zu malen beginnt, ist das eine Überraschung.

»Ich bin die Auferstehung und das Leben«, hat Jesus einmal gesagt und hat die, die nur mit sich selbst beschäftigt sind und die nur ständig um sich selbst kreisen, als »Tote« bezeichnet. Sein Weg und sein Beispiel möchte uns Mut machen, uns nicht einfach mit dem abzufinden, was wir kennen und haben, sondern immer wieder aufzustehen und aufzubrechen zu einem neugierigen, herzlicheren und humorvolleren Leben – lassen Sie sich überraschen!

Das Wort zum Alltag (Gong)

Richtig fit

Neulich habe ich mir eine Rudermaschine gekauft! »Ich muss etwas für meinen Körper tun«, habe ich mir gesagt. Also habe ich mir dieses Fitnessgerät angeschafft und in unseren Keller gestellt. Da stand es nun und wartete darauf, dass ich mich herablassen und mich auch tatsächlich sportlich betätigen würde. In den ersten Tagen war die Begeisterung ja auch groß. Täglich, so hatte ich mir vorgenommen, täglich wollte ich nun auf dem Trockenen rudern und mich dabei von Tag zu Tag steigern. Mein Umfeld würde bald staunen ob meiner Fitness und sicherlich würden auch die Jacketts bald nicht mehr passen – ich sah meinen zukünftigen, muskulösen Körper schon vor einem imaginären Spiegel posieren.

Nun, einige Zeit später, ist die Rudermaschine immer noch in unserem Keller, jetzt aber an die Wand gelehnt. Sie steht da so ein bisschen quer – fast so wie ein Fragezeichen und eine unbequeme Erinnerung: »Wolltest du nicht täglich …?« Doch irgendwie ist mir die Lust am Fitness-Training abhandengekommen. Irgendwann fand ich es langweilig und stumpfsinnig, allein und auf dem Trockenen zu rudern. Und doch lasse ich sie da stehen – quer und fragend, denn ich weiß ja, »eigentlich« würde es mir guttun, mich sportlich zu betätigen.

Wenn sonntagmorgens die Glocken läuten und mich zum Gottesdienst einladen, dann ist das so ähnlich wie mit meiner Rudermaschine. Das Glockenläuten gehört zu einem anständigen Sonntag und mit ihm die leise Erinnerung: Es wäre doch sicher gut, mal wieder etwas anderes zu hören. Es wäre doch sicher gut, mal wieder still vor Gott zu werden. Es würde sicher auch nicht schaden, mal wieder eine Kirche zu betreten und »Danke« zu sagen: »Danke für das Leben, danke für die Menschen, die mich umgeben, ach ja, und: Danke für die Rudermaschine!«

Das Wort zum Alltag (Gong)

Die Macht des Gebets

Im August 1940, mitten in den Wirren des Zweiten Weltkriegs, machte ein 25-jähriger Ordensbruder sich auf den Weg in seinen französischen Heimatort. Er hatte einen Traum: die Gründung einer klösterlichen Gemeinschaft, in der Christen ganz unterschiedlicher Herkunft und Konfession einen Platz finden würden. Während er sein Leben auf das Gebet konzentrierte, öffnete er sein Haus, um vor allem jüdische Flüchtlinge aufzunehmen.

Über die Jahrzehnte wuchs aus diesen kleinen Anfängen eine große Gemeinschaft von Brüdern, die regelmäßig vor allem eines tun: Singen, Beten und Abendmahl feiern. Aufgrund ihrer ungewöhnlichen und überzeugenden Ausstrahlung ist diese Bruderschaft heutzutage gewissermaßen permanent umlagert von tausenden überwiegend jungen Menschen. Viele christliche Gemeinschaften und Gemeinden haben sich von diesem Traum inspirieren lassen, sodass daraus nun eine die Welt umspannende ökumenische Bewegung entstanden ist.

Der Ort in Frankreich heißt Taizé und der Ordensbruder Frère Roger Schütz. Dieser wunderbare Träumer und Visionär wurde im Alter von 90 Jahren am 16. August 2005 beim Abendgebet von einer geistig verwirrten Frau erstochen. Ausgerechnet das Gebet, der Ort, dem seine ganze Leidenschaft galt, wurde ihm zum Verhängnis. Bleibt uns neben aller Trauer, sein Vermächtnis zu hören und zu bewahren: »Nichts führt in innigere Gemeinschaft mit dem lebendigen Gott als ein ruhiges gemeinsames Gebet, das seine höchste Entfaltung in lang anhaltenden Gesängen findet, die danach, wenn man wieder allein ist, in der Stille des Herzens weiterklingen.«

Das Wort zum Alltag (Gong)

Frohe Botschaft

Ein Pfarrer hat Gottesdienst in einer anderen Gemeinde zu halten. Bei der Begrüßung stellt er fest, dass das Mikrofon kaputt ist. Während des »Kyrie« und des »Gloria« nestelt er daran herum und versucht, es zu reparieren – es gelingt ihm nicht. Bei der »Salutatio« tritt er neben das Mikrofon und ruft in die Gemeinde: »Es stimmt etwas nicht mit dem Mikrofon!« Die liturgisch geschulte Gemeinde antwortet prompt: »Und mit deinem Geist!« Kirche und Humor, das war schon immer ein schwieriges Terrain, dabei müssten doch gerade die Gottesdienste fröhliche und herzliche Veranstaltungen sein, schließlich berufen sich die Kirchen auf eine »Frohe Botschaft«.

»Gott möchte dein Freund sein!«, so könnte man die Botschaft der Bibel zusammenfassen, und das ist doch eine gute Nachricht, dass da jemand ist, der uns durch die Höhen und Tiefen und über den Tod hinaus ins Leben begleitet. Warum also schauen wir so traurig, warum sind wir so steif und warum erwecken wir in unseren Gottesdiensten den Eindruck, wir würden gerade ein Zitronentestessen veranstalten? Sicher, es gibt auch traurige Anlässe, aufgrund derer Christen zusammenkommen, aber der Grundtenor der christlichen Botschaft ist doch ein befreiender und frohmachender.

»Die Christen müssten schon in bisschen erlöster aussehen, wenn ich an ihren Erlöser glauben soll!«, hat Friedrich Nietzsche einmal gesagt, und da ist etwas dran. Auf einem Kongress zum Thema »Glück« in Münster vor einigen Jahren wurde behauptet, wir Deutschen seien geradezu verliebt in unser Unglücklichsein. Erlebt man, mit welcher Freude und Ausgelassenheit in den armen Ländern dieser Welt Gottesdienste gefeiert werden, kann man nur staunen und ihnen zurufen: »Kommt rüber und helft uns, denn ihr habt etwas, was wir schon lange verloren haben: die leuchtenden Augen, das offene Lachen und das grenzenlose Staunen über die Wunder der Schöpfung!«

Das Wort zum Alltag (Gong)

Was ich noch zu sagen hätte …

»Gute Nacht, Freunde, es wird Zeit für mich zu gehn. Was ich noch zu sagen hätte, dauert eine Zigarette und ein letztes Glas im Stehn …« So singt der Barde Reinhard Mey in einem seiner Lieder und oft ist es so: Letzte Worte sind entscheidende Worte. Unter dem Eindruck, nun ist nur noch ganz wenig Zeit, bündeln wir mitunter unsere Aussagen und werden ganz elementar. Aus diesem Grund sind die letzten Worte eines Menschen so geachtet.

Auf dem Sterbebett kommen manchmal Wahrheiten zutage, die ein ganzes Leben lang verschüttet waren. Im Angesicht der letzten noch verbleibenden Minuten kann es passieren, dass wir den Mut finden,

Dinge zu sagen und zu tun, für die wir jahrzehntelang zu stolz oder zu feige waren. Wie gut ist es, wenn am Bett eines Sterbenden noch Versöhnung stattfinden kann, wie elementar sind die letzten Tränen, die dort noch gemeinsam geweint werden, und wie trostvoll sind letzte Umarmungen.

»Herr, lass uns bedenken, dass wir sterben müssen, auf dass wir klug werden«, lesen wir in den Psalmen des Alten Testaments. Was wäre, wenn ich nur noch einen Tag zu leben hätte? Was würde ich dann tun, mit wem würde ich reden und was müsste ich noch unbedingt loswerden? Es ist sicher keine schlechte Idee, wenn wir nicht bis auf den »letzten Drücker« warten, die Menschen, die wir lieben, zu umarmen, uns mit den Menschen, mit denen wir Streit haben, zu versöhnen und die Dinge, die uns auf der Seele brennen, jetzt schon zu sagen. Ich wünsche Ihnen den Mut, sich mitten im Leben Zeit zu nehmen für die Dinge, die Sie dann tun und sagen würden, wenn Sie nur noch sehr wenig Zeit hätten – das wäre klug und würde sicherlich neue Lebensräume eröffnen.

Das Wort zum Alltag (Gong)

Sehnsucht nach Geborgenheit

Ein Haus, möglichst mit Garten, steht bei den meisten deutschen Familien ganz oben auf Platz Nr. 1 der Wunschliste. Das eigene Heim, das ist ein Ort, von dem mich niemand vertreiben kann, an dem ich tun und lassen kann, was mir gefällt, ein Platz, an den ich mich zurückziehen kann, und ein Lebensraum, der nicht durch andere Mieter unter, über oder neben mir gestört wird. Einer ansonsten immer bedrohlicher werdenden Welt trutzen die eigenen vier Wände und geben Geborgenheit. Jeder Mensch hat Sehnsucht nach Geborgenheit! Dazu passt auch die Beobachtung, dass der Absatz an skandinavischen Holzöfen mit Flammensichtfenster in den letzten Jahren in Deutschland enorm angestiegen ist. Dahinter verbirgt sich das Bedürfnis und das Wunschbild, sich an einem kalten Winterabend gemütlich vor dem Feuer zu räkeln, noch ein wenig mit den Kindern zu spielen, um dann, vielleicht bei einem Glas Rotwein und einem guten Buch, den Abend ausklingen zu lassen.

Mit dieser Sehnsucht spielen auch die Werbefachleute. Die Hochglanzprospekte der Bausparkassen sind stets so angelegt, dass das Gefühl von Behaglichkeit und ganz privater Atmosphäre aufkommt. »Wir geben Ihrer Zukunft ein Zuhause«, heißt es da zum Beispiel. Das oftmals mit Angst besetzte Wort ZUKUNFT wird aufgefangen und getragen durch die beiden Wörter WIR und ZUHAUSE. Das Wörtchen WIR will verdeutlichen: »Du bist nicht allein, du bist geborgen, kannst dich fallen lassen in das Netz einer fürsorglichen Gemeinschaft.« Der Begriff ZUHAUSE appelliert an unsere tiefe Sehnsucht nach Heimat, einem Ort, an dem ich verwurzelt bin und von dem mich niemand vertreiben kann. Wir sind leicht verführbar, wenn wir auf unsere Sehnsüchte hin angesprochen werden.

»Unruhig ist unser Herz, bis es Ruhe findet in dir, Gott.« Dieser Satz stammt von dem alten Kirchenvater Augustin. All unsere Sehnsüchte sind letztendlich ein Hinweis auf unsere Grundsehnsucht nach Gott, dem Schöpfer aller Dinge. Jesus von Nazareth antwortet auf diese »Unruhe«, auf dieses »liebende Verlangen«, wenn er sagt: »Kommt her alle zu mir, die ihr mühselig und beladen seid, ich will euch erfrischen« (Mt. 11,28) Ich erinnere mich dabei an meine Kindheit. Wenn wir müde, ausgehungert und durstig nach Hause kamen, dann war es einfach wunderbar, zu wissen: Hier gibt es einen Ort, an dem ich geborgen bin, an dem ich umsorgt, gestärkt und wenn nötig auch getröstet werde. Die Einladung Jesu ist eine Einladung, nach Hause zu kommen, dorthin, wo unsere Sehnsucht nach Geborgenheit Erfüllung findet, bei Gott.

Das Wort zum Alltag (Gong)

Musik besänftigt

»Musik besänftigt das wilde Tier!«, soll B. B. King, der wohl letzte noch lebende Blues-Gitarrist der alten Schule, einmal gesagt haben. Dieses »wilde Tier« scheint diesen begnadeten Musiker ganz schön auf Trab zu halten, denn nach wie vor gibt die Gitarrenlegende rund 150 Konzerte pro Jahr, und das, obwohl B. B. King im September 2005 achtzig Jahre alt geworden ist: »Aktiven Unruhestand« könnte man das nennen.

Doch wenn man weiß, dass dieser weltberühmte Musiker regelmäßig in Gefängnissen Konzerte gibt, dann bekommt der Satz »Musik besänftigt das wilde Tier« noch eine ganz andere Bedeutung. B. B. King hat jene nicht vergessen, die man abgeschoben und weggesperrt hat, und er hat etwas im Gepäck, das hilft – seine Musik, den Blues. Musik kann helfen, ja mitunter kann sie sogar heilen und uns helfen, zu jenen verschütteten Ebenen unseres Lebens vorzudringen, aus denen Träume und neue Hoffnung geboren werden.

In der Bibel wird uns von einem König namens Saul berichtet, der regelmäßig Tobsuchtsanfälle bekam. Das Einzige, was ihn zu besänftigen vermochte, war jene Musik, die der Hirtenjunge David betend und singend auf seiner Harfe spielte. Die heilende Wirkung der Musik wird da noch einmal verstärkt, wo sie voller Glauben den anderen mit hineinnimmt in die heilsame Gegenwart des liebenden Schöpfers: »Musik besänftigt das wilde Tier!«

Das Wort zum Alltag (Gong)

Nicht mehr nötig

Nur noch jeder fünfte gläubige Katholik geht in Italien zur Beichte. Glaubt man einer kürzlich veröffentlichten Studie, so ist die Zahl derer, die dort einen Beichtstuhl aufsuchen, in den letzten 50 Jahren von rund 80 % aller Gläubigen auf knapp 20 % gefallen. »Bei uns kommt manchmal gar keiner mehr«, kommentierte ein deutscher katholischer Kollege die italienische Statistik. Beichten ist, so scheint es, auch in Deutschland aus der Mode geraten. Dabei haben manche Evangelische die Katholiken fast ein bisschen beneidet um diese schöne alte Tradition und auch um die manchmal sehr schön gestalteten antiken Beichtstühle. Die Gründe für diese »Beichtträgheit« sind vielfältig: Die kirchliche Bindung vieler Christen ist lockerer geworden, vielen ist der Begriff »Sünde« oder »Schuld« zumindest im kirchlichen Sinne fremd geworden und die meisten Menschen haben keine Angst mehr vor einem strafenden Gott. Außerdem suchen viele bei Bedarf gleich professionelle Hilfe bei einem Psychotherapeuten.

Erweitertes Sündenregister

Wenn wir heute »sündigen«, dann beziehen wir das auf unser Essverhalten, wenn wir von »Schuld« reden, meist auf den Straßenverkehr, und wenn wir sagen: »Ich muss dir etwas beichten …«, so ist dies meist der charmant-saloppe Versuch, dem anderen ein Fehlverhalten einzugestehen. Dabei ist das »Sündenregister«, die Liste der zu beichtenden Fehlverhalten, heute länger denn je. Zu beichten ist im traditionellen Sinne »… eine wichtige Sache, in der ich mich absichtlich und freiwillig gegen den Willen Gottes entschieden habe …«, und da hat sich im Laufe der Jahrzehnte die Palette der Möglichkeiten eher erweitert als verringert. Ob man nun bei der Steuererklärung »fünfe gerade sein lässt«, mithilfe des Internets versucht, andere auszutricksen, oder sich im Straßenverkehr rücksichtslos benimmt – es mangelt sicher nicht an modernem »Beichtstoff«.

... wie auch wir ...

»... und vergib uns unsere Schuld, wie auch wir vergeben unseren Schuldigern ...«, beten wir im »Vaterunser«, dem Gebet, das Jesus seinen Freunden beigebracht hat. Vielleicht liegt da der Knackpunkt, dass wir vergessen haben, dass wir mit unserem Leben und unserem Verhalten eine Verantwortung vor Gott und den Menschen tragen – wir haben es verlernt, zu beten, Gott und die Menschen um Vergebung zu bitten. »Das habe ich nicht nötig – ich bin mir keiner Schuld bewusst«, höre ich manchen sagen. Beichte hin oder her – unter anderem krankt unsere Gesellschaft daran, dass wir uns tatsächlich einbilden, Gott und einander nicht mehr nötig zu haben.

Das Wort zum Alltag (Gong)

»Es tut mir leid!«

»Ohne Wenn und Aber: Ich habe einen Fehler gemacht.« Ein sichtlich geknickter Michel Friedman trat vor die Kameras und akzeptierte einen Strafbefehl wegen Kokainbesitzes. »... ich entschuldige mich von ganzem Herzen für alles, was ich gemacht habe.« Wie schwer muss dieser Satz einem Mann gefallen sein, der über Jahre sein Selbstbewusstsein und die eigene Selbstgerechtigkeit derart plakativ zur Schau getragen hat. Ein genussvolles Schauspiel für all jene, die »diesen arroganten Typen« sowieso noch nie leiden konnten. Einer, der immer hart mit anderen ins Gericht gegangen ist, entpuppte sich als Heuchler mit Tuchfühlung zur Unterwelt und musste nun im Büßergewand vor die von ihm getäuschte Öffentlichkeit treten. Ein genussvolles Schauspiel? Nur auf den ersten Blick – auf den zweiten Blick kann ich nur sagen: »Hut ab!« Jede und jeder, der schon einmal eine Situation erlebt hat, in der er oder sie einen großen Fehler gemacht hat, weiß, wie schwer es fällt, über den eigenen Schatten zu springen, den eigenen Stolz zu überwinden und es sich selber und vor allem auch der Öffentlichkeit einzugestehen: »Ohne Wenn und Aber: Ich habe einen Fehler gemacht. Es tut mir leid!«

Wie schwer uns diese vier kleinen Wörtchen über die Lippen gehen, hat auch der Eklat um Silvio Berlusconi gezeigt, als dieser öffentlich einen deutschen Europaabgeordneten mit einem »Nazi-Vergleich« beleidigte. Wie einfach wäre es gewesen, diesen Konflikt aus der Welt zu schaffen, hätte Berlusconi sie gesagt, diese vier Zauberwörter: »Es tut mir leid!«. Stattdessen wurde gleich noch einmal nachgelegt und trotzig die Entschuldigung verweigert. Warum? Aus Stolz und aus einer selbstgerechten Haltung heraus. Viele Ehen in Deutschland zerbrechen unter anderem an genau dieser Haltung: Ich habe recht, ich werde keinen Zentimeter nachgeben – der/die andere soll sich erst einmal entschuldigen, zu Kreuze kriechen, dann sehen wir weiter.

»Und vergib uns unsere Schuld, wie auch wir vergeben unseren Schuldigern« – im »Vaterunser« bitten wir Christen um genau das, was unserem Leben oft fehlt: die Bereitschaft, anderen zu vergeben, und die Fähigkeit, Fehler einzugestehen und um Vergebung zu bitten. Weil wir wissen, dass wir alle nur Menschen sind und dass wir alle Fehler machen, sollten wir auch bereit sein, anderen zu vergeben. Wenn jemand wie Michel Friedman nun tatsächlich öffentlich zu seinen Fehlern steht und um eine zweite Chance bittet, möchte ich genau hinhören und sehen, wie schwer es werden kann, sich zu entschuldigen, und wie schwer wir uns damit tun, ihm zu verzeihen. Ich möchte aber auch lernen, wie schwer es mir selber fällt, diese vier Worte zu buchstabieren »Es tut mir leid!«

Das Wort zum Alltag (Gong)

Einsamer Wolf bei Vollmond

»Wie können wir heute, angesichts der Gräueltaten des Naziregimes vor 50 Jahren und angesichts der aktuellen, schrecklichen Berichte aus Bosnien-Herzegowina und Ruanda, noch fröhliche geistliche Lieder singen?«, entfuhr es einer Teilnehmerin unseres Chorseminars.

Der Beginn dieses Schulungswochenendes war der 27. Januar und somit der Jahrestag der Befreiung des Konzentrationslagers Auschwitz-Birkenau. So war es zwar unbequem, aber unverzichtbar, bei dieser Tagung genau dieser Frage »Wie können wir angesichts von Auschwitz heute noch Halleluja singen?« nachzugehen.

Wer Bilder oder Dokumentarfilme von der Befreiung nazideutscher Konzentrationslager gesehen hat und sie auf sich wirken lässt, dem verschlägt es zunächst einmal die Sprache, der kann eigentlich, der will eigentlich gar nicht mehr singen – höchstens schmerzhaft aufheulen, schreien oder mit den Fäusten gegen eine Wand hämmern. Die Klage »Mein Gott, warum hast du uns verlassen?« hängt buchstäblich in der Luft. Noch heute kann man sie spüren, die Gottverlassenheit dieser Stätten.

Wie ein einsamer Wolf bei Vollmond möchte man seinen Hals strecken und über die bleichen Nebelschwaden hinweg seine kehlige Klage in der öden Steppe verhallen lassen. Aufheulen möchte ich und klagen, ich möchte mich bei Gott beschweren: »Mein Gott, wenn es dich denn gibt, warum lässt du solches Unheil zu?«

Klagelieder – der aufheulende Psalmist, der weinende Hiob und der klagende Jeremia –, sie kommen mir mit einem Mal ganz nah und mit ihnen die Klänge einer trauernden Geige oder einer schluchzenden Klarinette aus der jiddischen Musiktradition des Warschauer Gettos. Die Geschichte des Volkes Israel ist eine Geschichte der Verfolgung und Vertreibung. Im Rahmen einer unglaublichen Leidensgeschichte dieses kleinen Volkes durch die Jahrtausende hindurch entstand eine Tradition musikalischer Trauerarbeit: wehmütige, weinende Musik und Klagelieder. Lieder und Texte, die jedoch trotz der schmerzhaften Erfahrung »Gott hat mich (uns) verlassen« festhalten an der Existenz und Erwählung dieses Gottes und die gerade deshalb mit eben diesem Gott hadern und streiten, die diesen Gott anklagen.

»... mein Geist ist in Ängsten, mein Herz ist erstarrt in meinem Leibe. Ich denke an die früheren Zeiten; ich sinne nach über all deine Taten und spreche von dem, was du getan hast – früher. Ich breite meine Hände aus zu dir, meine Seele dürstet nach dir wie ein dürres Land« (Psalm 143, 4-6)

Ein schwerer Blues aus alten Tagen, der von seiner Kraft und Aktualität nichts verloren hat. Viele Texte der alten Spirituals sind aus dieser Erfahrungswelt entstanden. Die schwarzen Sklavenarbeiter der Südstaaten, sie erkannten sich und ihre Situation wieder in den Beschreibungen des in Ägypten (Let my people go) unterdrückten und ins babylonische Exil verschleppten Volkes Israel (Motherless child). Mit diesen kraftvollen und oft wehmütigen Liedern übermittelten sie einander auf den Baumwollfeldern zum einen geheime Botschaften und Nachrichten, zum anderen sangen sie aber auch ihre Klage und ihre Trauer hinaus – hinaus zu einem Gott, der sie letztendlich wohl nicht vergessen würde.

Ich merke, wie die jüdischen Klagelieder und diese alten Spirituals mich musikalisch und inhaltlich abholen. Ich wage einen ersten gebrochenen Ton, halte mich fest an der Melodie von »Sometimes I feel like a motherless child« und beginne erst leise und zaghaft und dann immer lauter zu singen und zu klagen. Andere Lieder kommen dazu, ein stilles »Shalom« und »Tears in Heaven« von Eric Clapton – ein modernes Klagelied.

Uns Sängerinnen und Sängern des Chorwochenendes hat es nicht die Stimme verschlagen, aber wir singen anders an diesem 27. Januar, nachdenklicher vielleicht, vor allem aber diese anderen, diese klagenden Lieder.

Wir haben an diesem Wochenende noch viel miteinander geredet, geschwiegen und gebetet, bevor wir am Sonntag im Abschlusskonzert auch wieder fröhlich singen wollten und konnten.

Dann aber hatte auch das fröhliche und hoffnungsvolle Lied eine neue Ausstrahlung, denn wir sangen von einer Freude, die aus der Klage gewachsen war – gewissermaßen über uns selbst hinaus –, einer Freude, die trotz des elenden Zustandes dieser Welt festhält an der Zusage des lebendigen Gottes: »Ich bin bei euch alle Tage, bis ans Ende der Welt!«, und die sich nach dieser Verheißung ausstreckt. Das ist dann keine oberflächliche Freude, sondern der Anklang einer echten Lebensfreude, die die Klage und das Leid kennt, gewissermaßen in ihnen Wurzeln geschlagen hat, nun aber kraftvoll aus diesem Sumpf herauswächst, über unsre Köpfe hinaus. Solcher Lobgesang gleicht dann einem kraftvollen Baum, in dessen Astwerk sich auch unsere Träume, Utopien und Hoffnungen auf eine bessere und menschlichere Welt wieder einnisten und nach und nach an Raum gewinnen.

Himmel & Hölle

Ein luftleerer Raum ist ebenso wenig erwärmbar wie ein glaubensleeres Atheistenherz bekehrbar. Folgt man den jüngsten Berechnungen zweier veritabler spanischer Wissenschaftler, so befindet sich der Himmel rund 200 Kilometer über der Erde, dort wo niedere Satelliten ihre Bahnen ziehen. In dieser sogenannten Thermossphäre herrschen jene 232 Grad Celsius, die Professor Jorge Mira Pérez und José Vina aufgrund von Jesaja 30, 26 für den Himmel errechnet haben. Ich zitiere: »Ferner wird das Licht des Mondes stark wie das Licht der Sonne sein, und das Licht der Sonne wird siebenmal stärker sein als das Licht von sieben Tagen.« Anhand dieser Angabe und unter Zuhilfenahme des Stefan-Boltzmann-Gesetzes errechneten nun die beiden Physiker den Standort des Himmels in einem Raum, in dem es sehr wenige Luftteilchen gibt, aber nur die werden auf plus 232 Grad erhitzt, ansonsten klirrt Weltraumfrost von minus 197 Grad. Vielleicht kein Ort zum Heulen, zum Zähneklappern aber mit Sicherheit.

Auch den Standort der Hölle konnten Perez und Vina anhand von Offb. 21, 8 benennen: »Aber die Furchtsamen und Ungläubigen sollen ihren Platz in dem See finden, der von Feuer und Schwefel brennt«, und unter Zuhilfenahme des Enthalpiegesetzes der Wärmelehre ziemlich exakt 14 Kilometer im Erdinneren lokalisieren.
Folgt man dem katholischen Katechismus von 1995, so wandert die Seele eines Menschen, der im Zustand der Todsünde stirbt, sofort in den Feuerofen, gemäß dem Evangelisten Matthäus, der notierte, dass die Übeltäter (13, 42) in den Feuerofen geworfen würden, »da wird Heulen und Zähneklappern sein«.

Jahrhundertelang haben Theologen und Kirchenfürsten die Angst vor der ewigen Verdammnis, die Furcht der Gläubigen und der Ungläubigen vor der Hölle als Machtinstrument missbraucht. Ein Hauptanlass für Luthers Reformation war der sogenannte Ablasshandel der römischen Kurie, mit dem sich die Menschen durch eine Spende an die katholische Kirche von der Hölle freikaufen konnten: »Die Seele in den Himmel springt, wenn die Münz im Kasten klingt.«
Aus der Frohbotschaft wurde ein Drohbotschaft: »Du kommst in die Hölle, wenn du nicht das und das tust, wenn du nicht das und das glaubst.«

Ich begegne auch heute noch vielen Menschen, die schlicht und ergreifend Angst haben vor einem Gott, der alles sieht, der alles weiß und der uns womöglich ständig beobachtet. Angst vor einem Gott, der eifersüchtig und misstrauisch darauf achtet, ob sich die Menschen auch wohlverhalten …

Ich höre aber auch Predigten, in denen so eine Art »Jesus light« angeboten wird, ein ständig »lieber Gott«, der zwar alles sieht, aber auch alles nachsieht und überhaupt immer nur alle Menschen »ganz lieb hat«. Und dieser »liebe Gott« wird schon »irgendwie« alle Menschen in seinen Himmel aufnehmen.

Das ist »irgendwie« auch unbefriedigend …

Liest man im Neuen Testament, so gewinnt man den Eindruck, und darin liegt zugegebenermaßen eine gewisse Unsicherheit: Es ist nicht gänzlich egal, wie ich mich verhalte zu Lebzeiten, hier in unserer Welt.

Jesus erzählt dazu ein Gleichnis (Mt. 25, 14-29):

»Es ist wie bei einem Mann, der verreisen wollte. Er rief vorher seine Diener zusammen und vertraute ihnen sein Vermögen an. Dem einen gab er fünf Zentner, dem anderen zwei Zentner und dem dritten einen Zentner Silbergeld, je nach ihren Fähigkeiten. Dann reiste er ab.
Der Erste, der die fünf Zentner bekommen hatte, steckte sofort das ganze Geld in Geschäfte und konnte die Summe verdoppeln. Ebenso machte es der Zweite: Zu seinen zwei Zentnern gewann er noch zwei dazu. Der aber nur einen Zentner bekommen hatte, vergrub das Geld seines Herrn in der Erde.
Nach langer Zeit kam der Herr zurück und wollte mit seinen Dienern abrechnen. Der Erste, der die fünf Zentner erhalten hatte, trat vor und sagte: ›Du hast mir fünf Zentner anvertraut, Herr, und ich habe noch weitere fünf dazuverdient; hier sind sie.‹ ›Sehr gut‹, sagte sein Herr. ›Du bist ein tüchtiger und treuer Mann. Du hast dich in kleinen Dingen als zuverlässig erwiesen, darum werde ich dir auch größeres anvertrauen. Komm zu meinem Fest und freu dich mit mir.‹ Dann kam der mit den zwei Zentnern und sagte: ›Du hast mir zwei Zentner gegeben, Herr, und ich habe noch einmal zwei Zentner dazuverdient.‹ ›Sehr gut‹, sagte der Herr. ›Du bist ein tüchtiger und treuer Mann. Du hast dich in kleinen Dingen als zuverlässig erwiesen, darum werde ich dir auch Größeres anvertrauen. Komm zu meinem Fest und freu dich mit mir.‹
Zuletzt kam der mit einem Zentner und sagte: ›Herr, ich wusste, dass du ein harter Mann bist. Du erntest, wo du nichts gesät hast. Du sammelst ein, wo du nichts ausgeteilt hast. Deshalb hatte ich Angst und habe dein Geld vergraben. Hier hast du es zurück.‹
Da sagte der Herr zu ihm: ›Du bist ein Faulpelz und Taugenichts. Wenn du wusstest, dass ich ernte, wo ich nicht gesät habe, und sammle, wo ich nichts ausgeteilt habe, warum hast du das Geld nicht wenigstens auf die Bank gebracht? Dann hätte ich es jetzt mit Zinsen zurückbekommen. Nehmt ihm sein Teil ab und gebt es dem, der die zehn Zentner hat.‹

Denn wer viel hat, soll noch mehr bekommen, bis er mehr als genug hat. Wer aber wenig hat, dem wird auch noch das Letzte genommen werden.«

Welche Einstellung habe ich zu meinem Leben, zu meiner Umwelt, zu meiner Arbeit, zu meiner Familie, zu meinen Freunden, welche Einstellung habe ich zu meinem Geld und zu meinen Begabungen?
Bin ich bereit, hier in diesem Leben etwas zu wagen, ganzen Einsatz zu bringen, oder ziehe ich mich zurück?
Regiert die Neugier und die Einsatzfreudigkeit mein Leben? Oder lasse ich mich von der Angst bestimmen?
Und welches Bild habe ich von Gott? Jesus lehrt uns, Gott als einen VATER zu sehen, als einen liebevollen Vater, der mit ausgebreiteten Armen darauf wartet, dass wir zu ihm nach Hause kommen.
Die Art und Weise, wie ich Gott sehe und verstehe, bestimmt mein Leben, meinen Glauben und mein Christsein.
Die Art und Weise, wie ich mir das Leben nach dem Tod vorstelle oder nicht vorstelle, bestimmt auch mein Leben vor dem Tod.
Und da gibt es Menschen, so erzählt uns Jesus, die freuen sich, dass sie leben, dass sie Verantwortung übernehmen können, dass sie eigenständig ein Risiko eingehen und ihre Begabungen angstfrei einsetzen können. Diese Menschen sehen in Gott die Instanz, die sie an einen ganz bestimmten Platz, mit einer ganz speziellen Aufgabe gestellt hat. Und sie setzen ihre Möglichkeiten und ihre gesamte Kreativität daran, »ihren Job« möglichst gut zu machen.

»Danke für das Vertrauen. Danke, Herr, für die Begabungen und für die Möglichkeiten, die du mir geschenkt hast. Hab Dank für den großen, großen Freiraum, den du mir gibst – den will ich nutzen!«
So beten diese Menschen, wenn sie denn an Gott glauben.

Wenn sie nicht an Gott glauben, sind diese selbstbewussten, fröhlichen und begabten Menschen in echter Gefahr. Unser Gleichnis erwähnt diese Menschen nicht, aber es gibt sie en masse. Menschen, die fröhlich an ihre Arbeit gehen, die aber vergessen haben, dass es einen gibt, der sie begabt und beschenkt hat, der sie mit vielen anderen zusammen an eine große Aufgabe gestellt hat. Menschen, die das vergessen haben, sind in Gefahr, denn sie halten sich selbst für den Herrn und den eigentlichen Maßstab: »Hilf dir selbst, dann hilft dir Gott.«

Und dann gibt es dich, der du Angst vor Gott hast. Du hast Angst, etwas falsch zu machen, neue Schritte zu wagen, neue Gedanken zu denken. Du hast Angst, dich ausführlich zu informieren, aus Angst, dein Glaube könnte in Gefahr geraten. Und diese Angst prägt auch dein Gottesbild: Gott ist für dich ein übermächtiger, strenger und strafender Gott, der jedes Vergehen buchhalterisch erfasst und ahnden wird. Deine Begabungen, deine Möglichkeiten, ja dein ganzes Leben kommen nicht zur Entfaltung, weil du Angst hast, etwas falsch zu machen. Und so vergräbst du das, was du hast, und steckst den Kopf in den Sand.

Es gibt viele unterschiedliche biblische Texte zum Thema Himmel und Hölle. Das Spannende an diesem Text ist die Tatsache, dass die Menschen Gott auch tatsächlich so erleben und erfahren, wie sie an ihn glauben. Die Brille, die ich meiner Seele (in diesem Leben hier auf der Erde) verpasse, wird auch meine Gottes- und Liebeserfahrung prägen.

Der freie und engagierte Mensch, der sich nicht von der Angst, sondern von seinen gottgeschenkten Möglichkeiten bestimmen lässt, begegnet denn auch Gott als einem befreienden und beschenkenden Gegenüber, das ihn noch viel reicher und erfolgreicher machen möchte, als er sich das je erträumt hat.

Der Mensch, dessen Gottesbild von Angst besetzt ist, erlebt Gott auch als einen angstmachenden, strengen Herrn. Nicht weil hier etwa zwei verschiedene Götter am Werk wären, es ist derselbe Gott, nein, es ist die Brille, mit der die Menschen jeweils Gott begegnen.

Gott möchte uns befreien von der Angst. Wir brauchen keine Angst vor Gott zu haben, denn er liebt uns bedingungslos und grenzenlos. So sehr, dass er sich für seine Liebe zu dir und zu mir festnageln lässt auf seine Liebe und Freundschaft, am Kreuz von Golgatha: Gott möchte dein Freund sein.

Das ist die gute Nachricht, du kannst aufatmen, du bist frei, ein geliebtes Gotteskind. Entdecke deine Begabungen, deine Möglichkeiten und hab keine Angst.
Nun denkt vielleicht die eine oder der andere: Na ja, aber da gibt es doch die verschiedenen Stellen im Neuen Testament, die von Gericht und von der Hölle sprechen, die kann ich doch nicht einfach wegwischen. Stimmt!
Ich kann diese Stellen nicht einfach wegwischen und ich will sie auch gar nicht wegwischen, denn sie erinnern mich daran, dass es eben nicht egal ist, mit welcher Einstellung ich hier auf der Erde lebe.

Aber ich kann mich entscheiden, von woher ich meinen Glauben bestimmen lassen möchte: vom Himmel oder von der Hölle, von der Liebe oder von der Angst. Ich muss als Christ irgendwann einmal die Entscheidung fällen: Lasse ich mein Gottesbild von der Liebe (Himmel) oder von der Angst (Hölle) bestimmen.

Das Neue Testament heißt ja nicht umsonst »Gute Nachricht«, und die bedeutet: »Der Himmel kommt zu uns, kehrt um, denn das Reich Gottes bricht an, der Himmel ragt hinein in unsere Wirklichkeit«, und die Bibel ist ein Buch geschrieben gegen die Angst. Über 300-mal lesen wir: »Fürchte dich nicht!« Und im ersten Johannesbrief in dem wunderbaren Kapitel 4 über die Liebe lesen wir: »Wer Angst hat und vor Strafe zittert, bei dem hat die Liebe ihr Ziel noch nicht erreicht. Die Liebe kennt keine Angst.«

Vielleicht ist das die Hölle, dass ich in meinem Leben hier auf der Erde ausschließlich mich selbst als ersten Maßstab genommen habe und nun nach dem Tod in eine gottes- und liebeserfüllte Welt komme, an der ich nicht teilhaben kann, weil meine Seele dafür keinen Sensus, keine Augen und Ohren entwickelt hat.

Vielleicht ist das die Hölle, dass ich nach dem Tod dem liebenden Gott begegne, ich aber weiterhin nur die Angst entdecken kann und mag.

Ich persönlich »glaube« nicht an die Hölle, das heißt, ich lasse meinen Glauben und mein Leben nicht von Gedanken an eine mögliche Hölle bestimmen, sondern strecke mich aus nach der Liebe und nach dem Himmel, der hineinragen möchte und hineinragt in unsere irdische Wirklichkeit. Ich glaube an den Himmel!

Ein Weiser wurde gefragt, wie denn der Himmel und die Hölle zu denken seien, und er antwortete: »In der Hölle sitzen viele hungrige Menschen eng beieinander um einen riesigen, dampfenden und vorzüglich riechenden Suppentopf. Sie alle haben, an der Hand festgewachsen, einen Löffel mit einem viel zu langen Stil. Alle sind verzweifelt, weil sie den Löffel nicht zum Mund führen können und die tolle Suppe niemals kosten werden. Im Himmel ist es genau das gleiche Bild, doch die Menschen im Himmel sitzen fröhlich, vergnügt und bestens gesättigt beieinander, denn sie füttern sich gegenseitig.«

Schritte wagen

Schritte wagen im Vertraun
auf einen guten Weg.
Schritte wagen im Vertraun,
dass letztlich er mich trägt.
Schritte wagen, weil im Aufbruch
ich nur sehen kann:
Für mein Leben gibt es einen Plan.

Schritte kann man manchmal sehen,
Spuren, die noch nicht verweht,
Wege, die auch andre gehen,
ob da jemand vor mir geht.

Schritte kann man manchmal hören,
Kindertippeln, Stöckelschuh,
Gleichschritt – Schritte, die mich stören,
Schritte kommen auf mich zu.

Schritte kann man manchmal spüren,
Freude will mit mir hinaus.
Füße fangen an zu frieren,
tanzen sie sich dann nicht aus.

Schritte kann man sich erdenken,
klug beschreiben einen Schritt.
Manches kann man sich auch schenken,
nimmt der Kopf den Fuß nicht mit.

Schritte kann und darf man gehen,
Schritte führen uns zum Ziel.
Ohne Schritte bleibst du stehen
und verpasst dabei so viel.

Auf der Grenze

Auf der Grenze will ich stehen
mitten drin im Horizont,
in Gedanken dorthin gehen,
wo die Morgensonne wohnt.
Mit den Beinen will ich stehen
fest bei dir im Jetzt und Hier,
doch mein Herz muss weitergehen,
weil ich sonst den Traum verlier.

Auf der Grenze will ich warten
und will nicht zufrieden sein,
denn ich warte, um zu starten
in fremdes Terrain hinein,
warte, um beherzt zu springen
über meinen Schattenrand
und um kraftvoll vorzudringen
in ein unbekanntes Land.

Auf der Grenze will ich singen
von dir, Gott, und von dir, Welt,
Lieder, die nach außen dringen,
Lieder meiner Innenwelt.
Zwischen Angst und zwischen Mut,
zwischen Tod und zwischen Leben,
singe ich aus Trost und Wut,
sing ich auf der Grenze eben.

Auf der Grenze will ich glauben,
weil ich dort die andern seh,
die vielleicht was andres glauben,
ich will lernen zu verstehn,
dass die Liebe Gründe findet,
über Grenzen wegzusehn,
dass sie Mauern überwindet,
wo wir Stacheldrähte ziehn.

Du stellst meine Füße auf weiten Raum

Du stellst meine Füße auf weiten Raum.
Deine Liebe weitet meinen Horizont.
Kann mich frei entfalten wie ein schöner Baum,
der in deinem Lichte wächst, gedeiht, sich sonnt.

Aus der Enge – aus der Enge,
in die Weite – in die Weite,
einst Bedrängte – einst Bedrängte,
nun Befreite – nun Befreite.
Gott, so kommen wir,
jetzt und hier zu dir.

Von der Lüge – von der Lüge,
hin zur Wahrheit – hin zur Wahrheit.
Aus dem Trüben – aus dem Trüben,
hin zur Klarheit – hin zur Klarheit.
Gott, so kommen wir,
jetzt und hier zu dir.

Aus dem Lärmen – aus dem Lärmen,
in die Stille – in die Stille.
Aus der Leere – aus der Leere,
in die Fülle – in die Fülle.
Gott, so kommen wir,
jetzt und hier zu dir.

Ihr sollt ein Segen sein

1. So viele Menschen leben
auf dieser Welt, doch wie
soll es hier weitergehen,
die Menschheit wächst wie nie?
Der Schöpfer selber lädt uns ein,
die Erde zu gestalten –
Ihr sollt ein Segen ...

Refrain:
Segen, Segen, Segen
Ihr sollt ein Segen sein.

2. So viele schöne Sprachen
und welche Farbenpracht,
was wir nun daraus machen,
das liegt in unserer Macht.
Der Schöpfer selber lädt uns ein,
dass wir uns frei begegnen –
Ihr sollt ein Segen ...

3. Wir forschen, wir entdecken,
wir öffnen jede Tür.
Doch manches, was wir wecken,
wächst weiter als Geschwür.
Der Schöpfer selber lädt uns ein,
die Grenzen zu erkennen –
Ihr sollt ein Segen ...

4. Wie reich ist unsre Heimat,
wie spannend diese Welt.
Doch unser Wohlstandswahn hat
sie nach und nach entstellt.
Der Schöpfer selber lädt uns ein,
die Schöpfung zu bewahren –
Ihr sollt ein Segen ...

Aus heiterem Himmel

Aus heiterem Himmel
fällt die Freude
mir in meinen Tränenschoß.
Plötzlich, völlig unvermutet,
lache ich und laufe los.
Unbeschwert
und voller Träume
singe ich ein neues Lied,
atme tief, umarme Bäume,
weiß, dass du mich
liebst und siehst.

Aus heiterem Himmel
lern ich andre Menschen
kennen und dabei
habe ich auf einmal den Eindruck:
Mensch, dich kenn ich lange Zeit.
Wie Verwandte,
wie Geschwister
fühlen wir uns
schnell vertraut
und wir reden,
schweigen, singen,
lachen offen,
frei und laut.

Aus heiterem Himmel
tauchen Delphine
plötzlich vor mir auf
und dann
lass ich mich
hinuntergleiten,
reite mit
dem Wellengang,
tauche unter,
tauche auf,
tauche in die Sprudelwelt
und ich spüre
auf dem Bauch:
Liebe, die mich
trägt und hält.

Der Deckmantel

(Geglaubter Glaube)

Wir reden viel von Umkehr
und kehren doch nicht um.
Wir glauben an die Umkehr,
das reicht uns dann auch schon.
Der Deckmantel wirft Falten,
ist alt, hat sich bewährt,
darunter bleibt's beim Alten,
lebt sich's ganz ungeniert.

Wir reden viel von Nachfolge
und folgen Ihm nicht nach.
Wir glauben an die Nachfolge,
doch leider sind wir schwach.
Erbitten Gottes Segen
in diesem Jammertal,
gehn unsre alten Wege,
denn die sind nicht so schmal.

Wir reden viel von Liebe
und leben nicht danach.
Wir glauben an die Liebe
und haben ständig Krach.
An ihr erkennt man Christen,
die Liebe ist das Ziel,
wir bleiben Egoisten,
doch glauben »tun« wir viel.

Wir reden viel von Umkehr
und kehren doch nicht um.
Wir glauben an die Umkehr,
das reicht uns dann auch schon.
Der Deckmantel wirft Falten,
ist alt, hat sich bewährt,
darunter bleibt's beim Alten,
lebt sich's ganz ungeniert.

Nach Johann Baptist Metz

Jenseits der Zeit

Jenseits der Zeit
gibt es kein Leid,
keine Tränen an dem Ort,
den wir Himmel nennen.

Sehen wir uns dort,
wirst du mich auch erkennen,
dort an jenem Ort,
den wir hier Himmel nennen.
Ich brauche Kraft
hier durchzustehn,
doch ich weiß,
dass wir uns einmal wiedersehen.

Jenseits der Zeit
gibt es kein Leid,
keine Tränen an dem Ort,
den wir Himmel nennen.

Hältst du meine Hand,
wenn wir uns wiedersehen.
Ich bin ausgebrannt,
hilf mir, weiterzugehen,
sonst find ich nicht
durch Nacht und Licht
meinen Weg zu dir,
um dich wiederzusehen.

Zeit, du machst mich krank,
zwingst mich in die Knie.
Zeit, du brichst mein Herz,
bitte nimm den Schmerz,
aber wie?

Sehen wir uns dort,
wirst du mich auch erkennen,
dort an jenem Ort,
den wir hier Himmel nennen.
Ich brauche Kraft
hier durchzustehn,
doch ich weiß,
dass wir uns einmal wiedersehen.

Ich liege oder stehe (Psalm 139)

1. Ich liege oder gehe,
egal was ich auch tu,
ich sitze oder stehe,
Gott, überall bist du.
Du kennst all meine Wege,
du siehst vor mir das Ziel,
wohin ich mich bewege,
das ich erreichen will.

2. Kein Wort aus meinem Munde,
das du, Gott, noch nicht weißt,
nicht mal eine Sekunde
war ich jemals verwaist,
du bist zu allen Zeïten
bei mir und um mich her.
Du wirst mich stets begleiten,
auch wenn ich's mal nicht spür.

3. Wohin sollte ich gehen
und wohin sollt ich fliehn,
ich kann es nicht verstehen,
du würdest mit mir ziehn.
Ich könnte weit verreisen
ans Ende dieser Welt,
es würde sich erweisen,
dass deine Hand mich hält.

4. Dein Denken zu verstehen,
fällt mir unendlich schwer,
so wie die Dinge stehen
auf dieser Erde hier.
Bist Anfang und bist Ende,
egal wo ich beginn,
und wohin ich mich wende,
in allem liegt dein Sinn.

Melodie: 16. Jh. »Du meine Seele singe«

Führe mich

Führe mich auf rechter Straße,
ich bin oft so starr und träg.
Hilf mir, dass ich nicht verpasse,
deinen, meinen guten Weg.
Ich bin müde, ließ mich jagen
von der Arbeit und vom Geld.
Mitten hier in meinen Plagen
lass mich ahnen deine Welt.

Führe mich auf rechter Straße,
sonst verliere ich den Halt.
Wenn ich laufe, hetze, rase,
kann es sein, dass ich auch fall
und am Boden liegen bleibe
ohne Kraft und ohne Mut.
Lass mich spürn am eignen Leibe:
Du bist da und meinst es gut.

Führe mich auf rechter Straße,
vor mir liegt die schiefe Bahn
und bis zum gewissen Maße
zieht sie mich in ihren Bann.
Doch dann seh ich die Gestalten,
die vergaßen, wer du bist,
lass mein Herz nie so erkalten,
dass es deinen Weg vergisst.

4. Führe mich auf rechter Straße,
um mich rum herrscht Dunkelheit
und ich irr durch finstre Gassen,
seh kein Licht mehr weit und breit.
Doch ich glaube, dass du da bist,
und ich singe dir mein Lied.
Der du mich auch durch die Nacht siehst,
höre bitte mein Gebet.

Musik: trad. (Herz und Herz vereint zusammen)

Eine wunderbare Chance

Da kommt was auf uns zu

»Da kommt was auf uns zu!«, haben sicher viele gedacht, nachdem am Wahlabend der Bundestagswahl 2005 die Zettel ausgezählt waren und mehr oder weniger feststand, dass unser Land in den nächsten vier Jahren wohl von einer großen Koalition regiert werden würde. Und angesichts von 35 Milliarden Euro, die im kommenden Haushaltsjahr eingespart werden sollen, ist auch ziemlich klar, was da auf uns zukommt: Steuererhöhungen und Kürzungen – keine schönen Aussichten!

»Da kommt was auf uns zu!«, denken sicher auch viele angesichts der bevorstehenden Advents- und Weihnachtszeit: Eine Feier jagt die andere, Geschenke, Hausputz und die Vorbereitungen für die Feiertage – allein der Gedanke daran treibt vielen von uns den Stress-Schweiß ins Gesicht. Keine schönen Aussichten!

»Da kommt was auf uns zu!« Das ist aber auch der Gedanke der Adventszeit: »Siehe, dein König kommt zu dir, ein Gerechter und ein Helfer.« Die Bibel erinnert uns daran: Gott kommt in diese Welt und möchte uns begeistern für eine gerechtere Welt und uns helfen, über unseren Tellerrand hinauszuschauen und jenseits von Steuererhöhungen, Kürzungen und Alltagsstress vor allem eines zu erkennen: Wir können mithelfen und mitbauen an einer besseren und gerechteren Welt. Schöne Aussichten!

Das Wort zum Alltag (Gong)

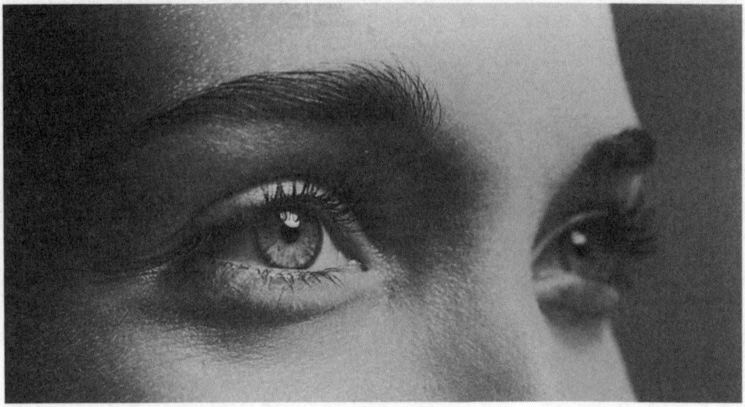

Liebe macht sehend

Die meisten Geschenke sind gekauft, der letzte Hausputz steht noch an, eine Weihnachtsfeier jagt die andere – kurzum, am Sonntag, dem 4. Advent, stecken die meisten von uns mitten im sogenannten »Weihnachtsstress«. Mit der Liste dessen, »was alles noch zu erledigen ist«, vor Augen, die nächste Aufgabe bereits fest im Blick, »übersehen« wir mitunter, worum es eigentlich geht – an Weihnachten. Es ist, als würden durch die bunte Übermacht des Weihnachtskommerzes unsere Augen gehalten und weggelenkt vom eigentlichen Geschehen, weg vom Wunder des Unscheinbaren, weg von dem Kind im Stall, weg von unserer eigenen stillen Begegnung mit Gott.

Dabei könnte und müsste doch die Zeit vor Weihnachten gerade eine Zeit sein, in der wir zur Ruhe kommen und Rückblick halten auf ein ereignisreiches, vergangenes Jahr. Traditionell ist die Adventszeit ja dazu gedacht, dass wir eben nicht so weiterhetzen wie das ganze Jahr über, sondern uns besinnen auf das, was in unserem Leben eigentlich zählt, und das sind nun mal oft die kleinen Dinge. Doch um diese »Schätze unseres Alltags« zu entdecken und zu heben, brauchen wir vor allem eines: Zeit. Zeit für Gespräche – wichtige, gute Gespräche –, Zeit zum Spielen mit den Kindern, Zeit zum gemeinschaftlichen Kochen, zum Musizieren, Zeit, um miteinander Plätzchen zu backen, spazieren zu gehen usw. Wie schön könnten diese Tage vor Weihnachten sein, aber wir schaffen es nicht – im Gegenteil, wir haben noch weniger Zeit als sonst, sind gereizt, angespannt und übersehen unsere eigenen Glücksmomente.

»Gott hat ihnen einen Geist der Betäubung gegeben. Augen, dass sie nicht sehen, und Ohren, dass sie nicht hören bis auf den heutigen Tag«, lesen wir in der Bibel. Das beschreibt doch unseren Zustand recht treffend: Wir sind wie betäubt und nicht in der Lage, das Wesentliche zu hören und zu sehen – und viele wollen es auch gar nicht mehr. Wer sich lange genug betäuben und zudröhnen lässt, kann es irgendwann nicht mehr – kann sie nicht mehr hören und sehen, die kleinen Wunder Gottes in unserer Welt.

Wenn es stimmt, dass der Schöpfer des Kosmos, aus Liebe zu uns Menschen, uns ganz unscheinbar in einem kleinen hilflosen Kind begegnen möchte und dann auch noch völlig improvisiert in einem Stall zur Welt kommt, dann doch deshalb, dass wir verstehen, dass diese Liebe kein großes Spektakel, keine übertriebenen Geschenke und schon gar keinen Weihnachtskommerz braucht. Das Kind, der Stall, die Hirten, sie können und wollen uns die Augen öffnen für die unscheinbaren Wunder unseres Alltags. »Liebe macht blind«, sagen wir manchmal – für die Liebe Gottes gilt: »Liebe macht sehend!«

Das Wort zum Alltag (Gong)

Eine wunderbare Chance

»Um Gott gnädig zu stimmen, hat der italienische Ministerpräsident Silvio Berlusconi einen Schwur geleistet: Bis zur Parlamentswahl am 9. April 2006 will Berlusconi keinen Sex mehr haben.« Ich musste unwillkürlich schmunzeln, als ich diese Pressemeldung las. »Seltsam«, dachte ich, »welche Blüten die alljährliche Fastenzeit mitunter treibt.«

Die Zeit von Aschermittwoch bis Ostern, die sogenannte Passionszeit, ist traditionell die Zeit, in der die Christen fasten. Aktionen wie »7 Wochen ohne« rücken diese alte Tradition, die vor allem in den Klöstern praktiziert wurde, wieder neu ins Bewusstsein der Bevölkerung. Dabei wird »Fasten« als eine wunderbare Chance gesehen, eingeschliffene Alltagsgewohnheiten zu überdenken und auf lieb gewonnene »Sünden« wie zum Beispiel zu viel Fernsehen, Alkohol oder Süßigkeiten einmal sieben Wochen lang zu verzichten.

Es ist spannend, zu erleben, wie sich das Familienleben positiv verändert, wenn wir sieben Wochen lang das Fernsehgerät nicht einschalten. Es ist heilsam, zu überprüfen: Bin ich in der Lage, mehrere Wochen auf Alkohol zu verzichten? Wer es wagt, solchen Fragen nachzugehen, für den bietet die Fastenzeit eine tolle Möglichkeit, das eigene Leben ganz neu zu entdecken. Probieren Sie es doch einfach einmal aus!

Das Wort zum Alltag (Gong)

Immer wieder sonntags

»Jeder vierte Arbeitnehmer arbeitet mittlerweile auch sonntags.« Für einen Pfarrer ist das ja zunächst nichts Ungewohntes, denn von jeher müssen wir ja »immer wieder sonntags« ran, aber dennoch, ein wenig erschrocken bin ich doch über diese Meldung. Doch dann habe ich einmal kurz überlegt: Wer arbeitet denn eigentlich sonntags?, und dann sind mir auf einmal ganz viele eingefallen, die durch ihre Arbeit dafür sorgen, dass wir alle einen angenehmen Sonntag verbringen, angefangen bei den Krankenhäusern über die Gastronomie, die Tankstellen bis hin zu den Bäckern, die uns mittlerweile auch sonntags frische Brötchen anbieten – wir haben uns daran gewöhnt, dass der normale Betrieb, an einigen Stellen sogar verstärkt, auch sonntags weiterläuft.

Die Langeweile vertreiben

Längst locken Möbel- und Autohäuser und Einkaufszentren mit »offenen Sonntagen«, an denen man zwar nichts kaufen, aber sich doch umschauen kann – das bedeutet jedoch nichts anderes, als dass viele Menschen auch sonntags da sein und arbeiten müssen, denn diese »Sonntagsevents« sind der Renner und werden sehr gerne angenommen. Viele wissen einfach nicht, »was treiben« an einem Sonntag, und wenn dann auch noch eine Hüpfburg für die Kinder und eine kostenlose Bratwurst dabei herausspringen – da scheint der »langweilige Sonntag« schon wieder gerettet! Dabei war genau das ursprünglich der Sinn eines regelmäßig wiederkehrenden Ruhetages, dass er »Lang(e)weile« hat, sprich, dass man Zeit hat, Zeit, die nicht verplant und eben nicht von der Geschäftigkeit des ganz normalen

Alltags zugebaut ist – Zeit zum Reden, zum Lesen, zum Spielen, zum Spazierengehen, Zeit zum Gottesdienst, unverplante Zeit eben.

Keine Zeit

»Ohne Sonntage gibt es nur noch Werktage«, heißt der Slogan einer bundesweiten Kampagne der Kirchen gegen die immer weiter um sich greifende Sonntagsarbeit. Gleich zu Beginn der Bibel wird uns berichtet, wie Gott der Schöpfer an sechs Tagen die Welt erschaffen und am siebten Tag geruht hat. Was Gott gutgetan hat, kann ja so schlecht für uns Menschen auch nicht sein, und so ist es kein Wunder, dass die Notwendigkeit eines regelmäßigen Ruhetages sogar in die Zehn Gebote mit eingeflossen ist. So heißt es im vierten Gebot: »Du sollst den Feiertag heiligen« – das ist der Sinn der Zehn Gebote: Sie möchten uns helfen, zu leben und den Sinn des Lebens nicht aus den Augen zu verlieren – aber dafür muss ich mir Zeit nehmen.

Das Wort zum Alltag (Gong)

Risiken und Nebenwirkungen (Leben ist riskant)

»Zu Risiken und Nebenwirkungen fragen Sie Ihren Arzt oder Apotheker«, hören und lesen wir bei jeder Werbung für Arzneimittel. Doch nicht nur bei der Medizin lauern Risiken und Nebenwirkungen, unser ganzes Leben birgt Gefahren. Morgens schon beim Aufstehen gilt es, nicht mit dem berühmten falschen Bein aufzustehen, im Bad könnte man auf den Fliesen ausrutschen und sich schlimmstenfalls das Genick brechen, ein Blick in den Spiegel bezeugt die Vergänglichkeit allen Lebens, das Wasser aus dem Wasserhahn könnte verseucht sein und auf das Waschmittel, mit dem unser Handtuch gewaschen wurde, könnten wir plötzlich aus irgendeinem Grund allergisch reagieren. Sie merken, schon angesichts der ersten fünf Minuten eines Tages könnten wir, wenn wir wollten, uns zu Tode fürchten.

Geschäft mit der Angst

Gerade in den Anfangswochen eines neuen Jahres schaut vielleicht so mancher bang in die Zukunft und fragt sich nach den »Risiken und Nebenwirkungen« der vor uns liegenden Zeit. Wird es wirtschaftlich besser werden? Und wenn ja, werde auch ich davon etwas merken? Werde ich gesund bleiben? Und wenn ich krank werden sollte, kann ich mir eine Behandlung dann überhaupt noch leisten? Diese und viele andere Fragen schwingen sicherlich bei der einen oder dem anderen mit – im Blick auf die Zukunft. Vielleicht ist es auch eine Spezialität von uns Deutschen, dass wir uns allzu viele Gedanken und Sorgen machen und dass wir angstvoll, grüblerisch in die Zukunft schauen. Ganze Industriezweige haben sich darauf spezialisiert, uns bei dieser »Tätigkeit« zu helfen, und so gibt es eigentlich nichts, wogegen man sich nicht versichern könnte: von der Lebensversicherung über die Hausratversicherung bis hin zur Kfz-Vollkasko-Versicherung – das Geschäft mit unserer Angst floriert.

Gegen die Angst

»In der Welt habt ihr Angst, doch siehe, ich habe die Welt überwunden«, hat Jesus einmal gesagt und wo immer Menschen mit ihm in Kontakt kamen, haben sie das gespürt: Hier ist jemand, der keine Angst hat. Keine Angst vor Krankheit, keine Angst vor Autoritäten, keine Angst davor, Kopf und Kragen zu riskieren. Diese Furchtlosigkeit war und ist bis heute ansteckend. Wer sich das bewusst macht, egal was geschieht, niemals kann ich tiefer fallen als in die liebenden Arme Gottes, kann auch gelassen in die Zukunft schauen, trotz Risiken und Nebenwirkungen.

Das Wort zum Alltag (Gong)

Fremde Heimat: Kirche

»In einem großen, hohen, halbdunklen und hallenartigen Raum steht ein Mensch in einem schwarzen bis zum Boden fallenden Gewand. Vor mir sitzen, weit verstreut, etwa 25 meist ältere Menschen, steif und auf harten Bänken, ohne irgendeinen Kontakt zueinander. Der allzu mächtige Klang einer plötzlich einsetzenden Orgel überdröhnt den ohnehin kläglichen Gesang unserer kleinen versprengten Schar. In einer Art liturgischem Autismus brummeln einige die Melodien und Texte, die sie offensichtlich kaum verstehen, aber wohl wegen ihrer alten Form und Kirchensprache dennoch von sich geben. Der schwarzgewandete Mensch schlägt nun ein großes, ebenso schwarzes Buch auf und brüllt in den halligen Raum, dass er sich freut und die Gemeinde ganz herzlich begrüßt – ich fühle mich unangenehm berührt, denn so hat schon lange niemand mehr mit mir gesprochen und ›herzlich‹ klang das auch nicht. Ich frage mich: Warum geht er nicht auf die einzelnen Menschen zu, begrüßt jeden und wir setzen uns im Kreis zusammen, kommen ins Gespräch, singen und beten miteinander, dazu sind wir doch alle hier. Oder nicht?

Die Menschen dürfen jedenfalls nicht auf den trägen Gruß antworten, dabei geht es doch angeblich um Gemeinschaft. Der Mensch dort vorne lässt sich aber nicht beirren: ›Wir feiern diesen Gottesdienst am Sonntag Exaudi im Namen des Vaters, des Sohnes und des Heiligen Geistes.‹ Hat er ›feiern‹ gesagt? Auf welchem Planeten bin ich hier eigentlich gelandet? Und wer, bitte schön, sind dieser Sonntag Exaudi und die anderen drei Herren? Ich verstehe nicht, was gemeint sein könnte. Wie um alles in der Welt soll hier eine festliche Stimmung entstehen, sodass wirklich alle feiern können. Denn auch mit dem nun folgenden Lied vermag die Feststimmung nicht so recht aufkommen.

Die verteilte Gemeinde verfällt wiederum in jenen seltsam introvertierten Brummelsingsang: ›Ich lobe dich von ganzer Seelen, dass du auf diesem Erdenkreis dir wollen eine Kirch' erwählen zu deines Namens Lob und Preis, darinnen sich viel Menschen finden in einer heiligen Gemein, die da von allen ihren Sünden durch Christi Blut gewaschen sein‹ (Bayr. EKG 214). Ich verstehe wieder nicht, was gemeint ist, finde aber, dass sogar der Kebab-Verkäufer gleich schräg gegenüber der Kirche mittlerweile besseres Deutsch spricht als: ›Du dir wollen eine Kirch erwählen ...‹ Doch ehe man weiter überlegen kann, brüllt es von vorne: ›Wir wollen beten.‹ Nichts davon stimmt. Mit ›wir‹ bin ja wohl auch ich gemeint, und ich ›will‹ im Moment etwas ganz anderes, auf jeden Fall nicht ›beten‹. Ich würde gerne mal über diesen eigenartigen Liedtext reden, den verstehe ich nämlich nicht, aber WIR sind schon aufgestanden (ruckartig), ich konnte gar nicht anders, obwohl bei unserem versprenkelten Singledasein in dieser Kirche wohl kaum von ›Gruppenzwang‹ gesprochen werden kann. Der Mensch in Schwarz liest ein Gebet ab, heißt beten nicht eigentlich ›mit Gott reden‹, ich meine, wenn ich mit meinem Vater sprechen wollte oder sprach, dann habe ich das einfach getan, wenn ich etwas Bestimmtes wollte, dann habe ich mir genau überlegt, wie ich es sage und was ich sage – aber aufgeschrieben habe ich es nie. Doch er liest eine Sprache, die man so heute nicht mehr spricht (deshalb musste er es wohl auch aufschreiben, weil er ja sonst auch nicht so redet): Da ist von Lob, Ehre, Preis, Gnade und wunderbarer Freude die Rede, von einem Thron des Höchsten und von einem Lamm.

Ich verstehe es nicht, merke nur, dass die ›wunderbare Freude‹ eine sehr verborgene, innere Freude sein muss, denn die monotone Stimme des Beters lässt keinerlei Freude aufkommen. Nach einigem Hin und Her, nachdem wir uns nochmals gesetzt haben, nochmals aufgestanden sind, uns wieder gesetzt und noch einen unverständlichen Text gesungen haben, erscheint über uns und weit entfernt der Schwarzgewandete in einer Art Bütt und wünscht uns ›Gnade und Friede‹ – ich verstehe nicht ganz, warum, wird es denn so schlimm? Er liest einen mir unbekannten Text aus der Bibel, einen ziemlich langen Text, wieder mit vielen alten Formulierungen. Warum habe ich den Text nicht vor mir, dann könnte ich mitlesen und mehr mitbekommen? Der Prediger hat zu Ende gelesen und brüllt nun zu uns herunter, dass er seine Probleme gehabt habe mit diesem Text und eigentlich nicht über diese ›Perikope‹ predigen wollte. Dann soll er es doch lassen. Noch ehe ich weiter überlegen kann, was eine ›Perikope‹ wohl sein mag (klingt wie ein griechischer Nudelauflauf), bekennt er, dass er sich trotzdem dem Text ›gestellt‹ habe und dass er uns nun ›mit hineinnehmen wolle‹. – Mir wird schon wieder so unangenehm zumute.

Und dann hört es nicht mehr auf. Er redet und redet – an mir vorbei. Immer wieder heißt es: ›Geht es uns letztlich nicht allen so …‹ Aber mir ging es noch nie so. Es folgen drei Beispiele, in denen ich mich auch nur spärlich wiederfinde, und dann verschwindet der Prediger hinter seinem Konzept, sieht nicht mehr uns, seine Gemeinde, sondern nur noch seine Blätter und Sprachungetüme, spricht über Dinge, die ich nicht kenne, benutzt Worte, die mir nicht geläufig sind, bringt historische Anmerkungen, die mich nicht interessieren, die er jedoch für ›hochinteressant‹ und für äußerst ›bedenkenswert‹ hält, und beantwortet lauter Fragen, die ich und die andern wohl kaum gestellt haben … Wovon soll ich noch berichten? Von dem 20 Jahre alten, sogenannten ›Neuen geistlichen Lied‹, das nach der Predigt kommen soll, aber für das die Orgel als Begleitinstrument überhaupt nicht taugt, oder soll ich von nicht enden wollenden Fürbitten berichten, innerhalb derer der Beter versucht, das ganze Weltgeschehen in einem Rundumschlag zu erfassen. Nur ich komme nicht drin vor. Als er uns auch noch dazu auffordert, dass wir uns gegenseitig den Frieden Gottes zusprechen sollen, nutze ich die ohnehin weiten Wege des Raumes, um aus dieser Kirche zu fliehen …«

Willkommen (EG 43)

1. Willkommen, willkommen,
nun ist es so weit,
wir sind hergekommen
und haben nun Zeit
zum Beten, zum Singen,
um Worte zu hörn,
die uns weiterbringen
und manchmal auch störn.

2. Willkommen, was habt ihr
für uns mitgebracht?
Was ist es, was du hier
mit uns heute machst,
die eine bringt Pflanzen,
der andre ein Brot,
die Dritte will tanzen,
und so wird es gut.

3. Willkommen, wir sind schon
gespannt auf dein Wort,
du Jesus, du bist nun
auch an diesem Ort,
sind wir so zusammen,
sind wir nicht allein,
wenn wir uns versammeln,
wirst du bei uns sein.

4. Willkommen, ihr Kinder,
wir brauchen euch sehr.
Seid Spieler, Erfinder,
wir können's nicht mehr,
wir sind oft gefangen
und selten spontan,
seid herzlich empfangen,
wir fangen jetzt an.

5. Willkommen, willkommen,
die Stille im Raum,
wir sind wie benommen,
beachten sie kaum,
doch sie kann uns heilen
und uns dahin führn,
dass wir still verweilen
und Gott in uns spürn.

Auf die Melodie von:
»Ihr Kinderlein kommet«

Betrachtungen

Auf den Absender kommt es an
Wenn ein Lied meine Lippen verlässt …
Die unendliche Geschichte
Zum Erfolg verdammt?
Er
Nun sei doch mal kreativ
»Das jüngste Gerücht«
Hellhörig: die Predigt
Aus heiterem Himmel
Letzte Worte
Am Abend der Welt

Auf den Absender kommt es an

Stellen Sie sich vor, der Paketdienst kommt zu Ihnen mit einem großen Paket, das auf Ihren Namen adressiert ist. Sie haben aber gar nichts bestellt und erwarten auch gar kein Paket. Was tun Sie?
Sie schauen auf den Absender. Wer schickt mir da scheinbar einfach so ein Paket? Und wenn Ihnen der Absender nichts sagt, lassen Sie das Ganze einfach zurückgehen: »Annahme verweigert«, bitte zurücksenden.
Was aber, wenn der Absender Sie neugierig macht?
Sie haben zwar immer noch nichts bestellt, aber auf dem Paket steht unter Absender »Thomas Gottschalk höchstpersönlich …«
Könnte ein Trick der Post sein – die ja vor einiger Zeit mit den Brüdern Gottschalk für ihre Aktie geworben hat –, dann lass ich es zurückgehen, aber gleich …

Könnte doch aber auch sein, dass Thomas Gottschalk mir ganz persönlich … nein, das kann nicht sein, wenn aber doch …

Oder Sie erhalten einen Anruf von einem Menschen, den Sie nicht kennen, und der will Ihnen etwas mitteilen, etwas ganz Wichtiges, sagt er …
Was denken Sie? Lassen Sie ihn weiterreden oder denken Sie gleich: »Der will mir nur etwas ›andrehen‹ – das ist wieder einer von diesen gewieften Telefonverkäufern, die labern und texten dich zehn Minuten lang zu und zum Schluss hast du ein neues Zeitschriftenabonnement, bist Mitglied in einem Buchklub und hast einen automatischen Garagenöffner bestellt, obwohl du gar keine Garage hast …«
Wenn wir einen Absender nicht kennen, ist es sicherlich gut, erst einmal vorsichtig zu sein.

Im Zeitalter der Kommunikations- und Konsumgesellschaft werden wir geradezu überschüttet mit Botschaften, Werbeslogans und so weiter – jeder will uns was verkaufen, jeder will sich Marktanteile sichern –, der Kunde ist König und als solcher wertvoll. Nach Berechnung der Telefongesellschaften ist der Mensch etwa 20 000 Euro wert (langfristig gerechnet).
Und so werden wir zugeballert mit Werbung und Angeboten von Firmen, Parteien, und auch die Kirche mischt mittlerweile munter mit. Da kann ich nur sagen: »Passen Sie gut auf sich auf.«

Auf den Absender kommt es an, das wusste der Autor unseres heutigen Predigttextes auch schon vor rund 2 000 Jahren:

»Schreibe an den Engel der Gemeinde in Smyrna: Diese Botschaft kommt von dem, der der Erste und der Letzte ist, der tot war und wieder lebt. Ich weiß, dass ihr verfolgt werdet und dass ihr arm seid. Aber in Wirklichkeit seid ihr reich! Ich kenne die üblen Nachreden,

die von Leuten über euch verbreitet werden, die sich als Angehörige des Gottesvolkes ausgeben. Aber das sind sie nicht, sie gehören zum Satan. Habt keine Angst wegen der Dinge, die ihr noch erleiden müsst. Der Teufel wird einige von euch ins Gefängnis werfen, um euch auf die Probe zu stellen. Zehn Tage lang wird man euch verfolgen. Haltet durch, auch wenn es euch das Leben kostet. Dann werde ich euch als Siegespreis ewiges Leben schenken.
Wer hören kann, der achte auf das, was der Geist den Gemeinden sagt! Wer den Sieg erlangt, dem wird der zweite Tod nichts anhaben.«

Gleich zu Beginn unseres Textes steht ein Rätsel: »Diese Botschaft kommt von dem, der der Erste und der Letzte ist, der tot war und wieder lebt.«
Das erinnert mich an die Geschichte von Fritzchen im Konfirmandenunterricht.
Der Pfarrer fragt: »Was ist das: Es ist klein, hat ein braunes Fell und einen buschigen Schwanz und hüpft von Ast zu Ast?« Daraufhin meldet sich Fritzchen und sagt keck: »Normalerweise würde ich sagen: ein Eichhörnchen. Aber wie ich den Laden hier kenne, ist es das liebe Jesulein.«

Der Autor der Offenbarung macht gleich zu Beginn seiner Ausführungen deutlich: Diese Nachricht unterscheidet sich elementar von den vielen, vielen anderen Nachrichten, die ihr erhaltet – allein, schon ganz allein durch den Absender. Es ist in der Tat Jesus der Christus, der Auferstandene, der hier durch seinen Geist zu den Gemeinden spricht. Das ist auch gut so, denn sonst wäre man als Christ in der westlichen Welt geneigt, diesen Text einfach abzutun und zu sagen: »Das passt ja überhaupt nicht auf unsere Situation.«

»Ich weiß, dass ihr verfolgt werdet und dass ihr arm seid.« Auf die Gemeinde in Smyrna hat das sicherlich zugetroffen. Die Leute in

dieser Gemeinde waren offensichtlich arm, richtig arm. Das heißt, sie besaßen wenig, hatten ein geringes oder gar kein Einkommen und mussten tagtäglich schauen, »dass der Schornstein rauchte«.
»Na ja, das muss ich auch«, denkt sich jetzt vielleicht die eine oder der andere, »ich muss auch schauen, dass ich genug Geld verdiene, dass ich meine Miete bezahlen oder mein Häuschen abbezahlen kann, genug für die Rente einbezahle und dabei auch noch ein bisschen lebe. Das Leben in Deutschland ist ja so teuer geworden – weiß der Geier, wo das noch alles hinführt …«

Das stimmt sicherlich, jeder und jede von uns hat sein oder ihr »Päckchen« zu tragen, aber wir lamentieren doch auf einem unglaublich hohen Niveau. Die Leute von Smyrna würden uns antworten: »Deine Sorgen, lieber Westeuropäer, die möchte ich erst einmal haben! Du hast immerhin eine eigene Wohnung, vielleicht sogar ein Haus, und im Alter kannst du damit rechnen, irgendwie noch halbwegs versorgt zu werden – das alles haben wir hier in Smyrna überhaupt nicht und wenn wir alt sind, dann liegen wir der Großfamilie ›auf der Tasche‹ oder gleich ganz auf der Straße und müssen betteln gehen … Ihr in Deutschland, ihr habt's gut, ihr habt genug zu essen, warme Kleidung, sogar modische Kleidung, Autos, Fernseher und viele sogar Internetanschluss … und ›verfolgt‹ werdet ihr auch nicht, höchstens ab und zu von eurem schlechten Gewissen, weil ihr irgendwo merkt, dass diese extreme Kluft zwischen Arm und Reich eigentlich nicht sein kann und eigentlich auch nicht sein darf.«
Und was antworten wir vielleicht darauf? »Ja, es stimmt, uns geht es eigentlich richtig gut, wir haben von allem genug und im Überfluss, seit über 60 Jahren herrscht zumindest äußerlich Frieden im Land, und trotzdem beklagen wir uns, sind wir gestresst. Trotzdem laufen wir bis 50 mit unserer Gesundheit dem Geld hinterher und ab 50 laufen wir mit unserem Geld der Gesundheit hinterher.«

Es stimmt: Äußerlich geht es uns allen viel, viel besser als den Schwestern und Brüdern in Smyrna, und dennoch sind wir leer und suchen die Gegenwart des lebendigen Gottes oder zumindest einen tröstlichen, vielleicht auch einen neuen Gedanken, einen Ausblick, der uns hilft, das Wesentliche in unserem Leben zu erkennen:

Wer weiß noch einen Trip,
wer hat noch einen Tipp,
womit ich mich aufs Neue,
betäube und zerstreue,
bin nicht in mir zu Hause,
Funkstille, Sendepause.

Leer sind die Batterien,
ich hab es satt, zu fliehn,
komm zu mir, Gott des Lebens,
dass ich nicht leb vergebens,
mach mich und andre Leichen
zu einem Lebenszeichen.

Dieser Text von Gerhard Schöne beschreibt ziemlich klar die Zerrissenheit, in der wir uns befinden. Wir haben viel, manche, die von außen schauen, sagen: Wir haben alles. Und trotzdem merken wir nur wenig von diesem Reichtum, wir sind satt, ein wenig schläfrig und haben uns daran gewöhnt, dass es uns so geht, wie es uns nun mal geht.

»Ich weiß, dass ihr verfolgt werdet und dass ihr arm seid. Aber in Wirklichkeit seid ihr reich!«

Jetzt müssen wir uns ganz schnell wieder den Absender ins Gedächtnis rufen. Jesus, der auferstandene Herr, spricht zu uns, sonst würde man diesen Satz als das übliche Talkshow-Psychogesülze abtun, so nach dem Motto: »Ihnen geht's zwar schlecht, aber eigentlich geht es Ihnen gut, Sie haben es nur noch nicht gemerkt, mobilisieren Sie bitte Ihre positiven Kräfte, denken Sie an etwas Schönes und dann werden Sie schon sehen.«

Inmitten dieser hektischen und wirren Zeit, inmitten des Zeitalters der Globalisierung und des Internets, inmitten dieser widersprüchlichen Welt haben wir einen Herrn, der uns durch seinen Geist begleitet und der uns mit seinen Worten wachrüttelt und tröstet und uns immer den Spiegel der Wahrheit vor Augen hält. Das ist unser eigentlicher Reichtum und da bilden wir mit den Schwestern und Brüdern aus Smyrna einen Kreis. Jesus ist unser Mittelpunkt und ihm wollen wir folgen von ganzem Herzen.

Das ist doch oder das wäre doch eine schöne Vorstellung, dass wir letztendlich mit unseren armen Schwestern und Brüdern in Indien, in Afrika, in Südamerika, Asien und auf dem Baltikum in einem Kreis sitzen und uns auf das Wesentliche, auf Jesus, konzentrieren ...

Glauben Sie das? Glauben Sie tatsächlich, dass Jesus, sein Wort, seine Gegenwart und sein Handeln mitten unter uns, unser eigentlicher Reichtum ist?

Wenn wir das tatsächlich glauben oder sagen wir mal vorsichtig: gerne glauben wollen, dann haben wir ein Problem. Wir sind reich und wir sind satt und wir merken nicht, dass es einen Unterschied macht, ob wir in die Kirche gehen, ob wir uns zur christlichen Gemeinde halten oder nicht – niemand fragt uns, niemand verfolgt uns *und* wenn's drauf ankommt, brauchen wir auch keinen ...
An diesem Punkt sind wir nun ärmer, viel ärmer als die Schwestern und Brüder in Smyrna, denn die brauchten einander wirklich, die waren schon rein materiell auf die Solidargemeinschaft der ersten

Christen angewiesen – *und* standen in einer ganz engen Glaubensgemeinschaft, ja Glaubensabhängigkeit von und zu ihrem Herrn.

Jesus sagt: »Eher wird ein Kamel durchs Nadelöhr gehen, als dass ein Reicher in den Himmel kommt …«

»Der Reiche, die Reichen« sind weltweit gesprochen unter anderem wir. Und mal ganz ehrlich, Hand aufs Herz, was haben denn wir reichen, westlichen Christen noch mit dem besitzlosen und vagabundierenden, predigenden und heilenden Jesus von Nazareth zu tun – nicht sehr viel, wenn Sie mich fragen.

Wir hören seine Worte, kennen die Erzählungen der Bibel, gehen ab und zu in die Kirche, aber dass wir ihm tatsächlich nachfolgen, unser ganzes Leben, unseren ganzen Reichtum einsetzen, um auf der Spur dieses Mannes aus Nazareth zu sein – davon sind wir oder zumindest die meisten von uns doch weit entfernt. Und die Kirche mit ihren Ämtern, Institutionen und Verlautbarungen geht dabei mit bestem Beispiel voran: Sie ist mit sich selbst beschäftigt, leckt die Wunden einer verebbten Austrittswelle und versucht, die Gelder so umzuschichten, dass der Laden weiterläuft – die Kirche, unsere evangelische Kirche ist und war in den vergangenen Jahren unglaublich viel mit sich selbst beschäftigt.
Ich entdecke so wenig Jesuanisches unter uns, auch an mir: »Was ihr einem der Geringsten getan habt, das habt ihr mir getan«, wird Jesus einmal sagen.
Er ruft uns an den Tisch mit den Schwestern und Brüdern der einen Welt. Er vertreibt uns die satten Gedanken und möchte, dass wir uns wieder auf unseren eigentlichen Schatz, Jesus, und mit ihm auf alle Weisheit und Erkenntnis besinnen, wie wir als verantwortungsvolle, auch unseren äußeren Reichtum teilende Christen erfüllt und innerlich reich unser Leben hier gestalten können. Wie viel Reichtum lässt

sich in den Gesichtern einer weltweit versammelten Christenheit erkennen. Da können wir nur staunen, sehen, hören, riechen, essen, trinken und lernen – das Leben ist schön, kostbar und ein Schatz. Wenn wir von dem, was wir im Überfluss haben, abgeben und teilen, werden wir feststellen, dass es an einer ganz anderen Stelle als spürbare Bereicherung zu uns zurückfließt.

»Wer hören kann, der achte auf das, was der Geist den Gemeinden sagt …«

Unser eigentlicher Reichtum ist der Absender – die Tatsache, dass Gott, der Schöpfer des Kosmos, durch seinen Geist zu uns spricht, dass er uns, als unser Freund, helfen will, verantwortlich und engagiert zu leben!

Wenn ein Lied meine Lippen verlässt ...

»Und wenn ein Lied meine Lippen verlässt, dann nur, damit du Liebe empfängst durch die Nacht und das dichteste Geäst, damit du keine Ängste mehr kennst.« Wie keine andere deutsche Popgruppe haben die »Söhne Mannheims« christliche Inhalte und Lieder zum Lob Gottes im ganz normalen Radio- und Fernsehprogramm etabliert. Ja, nicht nur das, man hat den Eindruck, dass diese bunte Formation aus der Quadrate-Stadt bei vielen geradezu Kultstatus genießt. In dem Lied »Und wenn ein Lied meine Lippen verlässt ...« beschreibt der Sänger Xavier Naidoo, was ein geistliches Lied bewirken kann: Es entsteht Gemeinschaft, Menschen empfangen Liebe und werden fähig, Liebe zu geben, weil der, von dem sie singen, selbst die Liebe ist. Durch das gemeinsame Singen eines Lobliedes tauchen wir als singende Gemeinde ein in den weiten Raum der Liebe Gottes. Und durch das Erlebnis einer solchen liebevollen Gemeinschaft verfliegt auch nach und nach die Angst. Das Publikum dieser außergewöhnlichen Band erlebt wohl genau das in ihren Konzerten und das ist sicher auch ein Teil des Geheimnisses, warum diese Band so erfolgreich ist.

In der Apostelgeschichte wird davon berichtet, wie Paulus und sein Begleiter Silas erst gequält und dann ins Gefängnis geworfen wurden und wie sie um Mitternacht begonnen haben, zu beten und Gott zu loben: »... plötzlich entstand ein großes Erdbeben, sodass die Grundmauern des Gefängnisses wankten. Und sogleich öffneten sich alle Türen, und von allen fielen die Fesseln ab ...« (Apg. 16,26).

Ein sehr eindrückliches Bild für das, was geschehen kann, wenn wir uns miteinander singend der Gegenwart Gottes anvertrauen. Das bewegt und öffnet uns, das hebt mitunter unsere Welt aus den Angeln und die Fesseln der Angst fallen von uns ab. Dass wir geplagte, ja mitunter ge- und befangene Wesen sind, wird jeder sofort nachvollziehen können, der die Stimmung in unserem Land etwas genauer betrachtet. Neusten Umfragen zufolge gehört Deutschland zu den depressivsten Regionen dieser Erde. Da mögen uns Paulus und Silas als gequälte und gefangene Kreaturen durchaus den Seelenspiegel unserer eigenen Befindlichkeit vorhalten.

Doch im Gegensatz zu den vielen in unserem Land erstarren sie nicht in dieser Befindlichkeit, sondern sie wenden sich dem einen zu, der, ganz woanders herkommend, sie herauslösen und erlösen kann aus ihrer Depression: Sie fangen an, zu beten und Gott zu loben – sie beginnen zu singen. Sehr oft schon habe ich erlebt, dass Musik – und hier insbesondere auch das neue geistliche Lied – uns erheben und uns helfen kann, über den Rand der eigenen, tristen Befindlichkeit hinauszuschauen. Wenn wir beginnen, miteinander zu singen und Gott zu loben, geben wir seiner klingenden und swingenden Wirklichkeit Raum in unserer Seele. Es ist ja kein Zufall, dass der hebräische Begriff *Näphäsch* sowohl »Kehle« als auch »Seele« bedeutet. Und wenn wir geisterfüllte und -reiche Lieder singen, dann berührt und stärkt das natürlich auch unsere Seele. »Komm herein, komm herein, ruh dich aus, ruh dich aus ...«, heißt es in einem Lied, das meine Musiker und ich zu Beginn fast eines jeden Konzertes spielen. Und in der Tat, dieses Lied öffnet nicht nur textlich, sondern auch musikalisch und atmosphärisch die Beginnsituation eines Abends und des gemeinsamen Weges, den wir dann mit unserem Publikum gehen. Wie oft habe ich von Konzertbesuchern nach einem solchen Abend gehört: »Das Lied ›Komm herein ...‹ hat mir geholfen, anzukommen, zur Ruhe zu kommen und meine Tür, mein Herz und meine Seele zu öffnen.«
Wir kommen ja mit unserer ganzen Last, mit unserer ganzen gequälten und gefangenen Seele auch zu solch einem Konzert oder zu einem

Gottesdienst. Vieles an Gedanken und Sorgen treibt uns um, und das haben wir natürlich mit im Gepäck. Wir brauchen dann Trost und Ermutigung und dann irgendwann auch wieder ein paar Lichtblicke über den eigenen Tellerrand hinaus. Wie gut und wohltuend ist es da, wenn wir abgeholt und hineingenommen werden in die heilsame Atmosphäre der Gegenwart Gottes – Musik und Lieder leisten dabei einen unverzichtbaren Beitrag.

Am Bett eines querschnittgelähmten Jungen, der sich nur noch über eine Blinzelsprache (durch Blinzeln mit den Augen) verständigen konnte, durfte ich vor etlichen Jahren (gemeinsam mit meinem Liedermacherkollegen Gerhard Schöne) miterleben, welch eine enorme Bedeutung Musik und speziell Popmusik mit christlichen Inhalten im Leben dieses Kranken spielte. Sie war für ihn wie ein kleines, helles Fenster in einem düsteren und engen Gefängnis und sie half ihm vielleicht nur in kurzen Momenten zu vergessen, dass er ans Bett gefesselt war. Musik erreicht einfach ganz andere Ebenen unserer menschlichen Existenz – die Harmonien, der Rhythmus, die Instrumentierung, die Komposition und die Interpretation eines Songs erreichen auf sehr unterschiedliche Weise die unbewusste Wahrnehmung und die Tiefendimensionen eines Menschen. Wie ein Schlüssel vermag die Musik, besonders aber auch die geistlich geprägte Musik, mitunter scheinbar hoffnungslos vernagelte Fenster und Türen zu öffnen.

Bei einem Konzert in der südindischen Stadt Tiruchyrapalli sollten wir (mein Freund und Pianist David Plüss und ich) zusammen mit einem indischen Chor auftreten. Wir hatten nur nachmittags eine Stunde Zeit zum Proben und die Verstärkeranlage in dem Saal war eine Katastrophe, aber trotzdem war es eine wunderbare Begegnung:
Die Musik und unser gemeinsames Anliegen, Gott zu loben, überwand alle kulturellen und sprachlichen Barrieren. Während wir miteinander

probten und musizierten, haben wir uns mehr und mehr füreinander geöffnet und die Fesseln der Angst und der Befangenheit fielen nach und nach ab. Am Abend erlebten die Besucher ein gemeinsames Konzert mit viel Humor und einer spürbaren Herzlichkeit – Musik überwindet Grenzen.

Gerade in der weltweiten Ökumene erlebe ich, dass die Musik und das gemeinsame Singen Barrieren überwinden können. Bei den großen Foren auf den Kirchentagen wird kräftig debattiert und über die brennenden Fragen unserer Zeit gestritten. Das macht ja einen Kirchentag aus, dass er sich auch gesellschaftspolitisch relevant zu Wort meldet und Meinung »macht« im besten Sinne. Aber gerade auch dort erlebe ich sehr eindrücklich, wie Menschen sich dann nach einer neuen und ganz anderen Ebene sehnen und ausstrecken. Und so strömen zu dem »Offenen Singen«, bei denen wir in der Tat nichts anderes machen, als mit den Leuten eine Stunde lang zu singen, immer wieder Tausende von Kirchentagsbesuchern. Es ist gut und wichtig, miteinander über Inhalte zu diskutieren und um Wahrheiten zu ringen, aber dann ist es vielleicht noch viel wichtiger, dass wir es auch schaffen, uns wieder zurückzunehmen und als Menschengeschwister, die wir sind, zu begreifen. Singend und voller Sehnsucht fassen wir uns längst an den Händen, wo unsere Köpfe noch zögernd streiten.

»Und wenn ein Lied meine Lippen verlässt, dann nur, damit du Liebe empfängst …« Es stimmt schon, was die »Söhne Mannheims« da singen, und ich wünschte mir, wir würden in unseren Gemeinden noch viel mehr und viel öfter genau das tun: laut und kräftig miteinander singen und in einer liebevollen Gemeinschaft Gott loben.
Wenn wir es wagen und lernen, inmitten einer trüb gestimmten Gesellschaft Gott zu loben und zu danken für seine Gegenwart, für unser Leben und für den neuen Weg der Liebe, dann entfesselt sich

vielleicht auch jene seltsame gegenwärtige In-sich-Verkrampfung und Erstarrung unserer Kirchen und vielleicht springen dann auch wieder Türen aus den Angeln, die wir für endgültig verschlossen hielten. Die Erfahrung von Paulus und Silas schenkt solcher Hoffnung Nahrung.

Die unendliche Geschichte

»Die unendliche Geschichte« – ein Roman von Michael Ende –, ich erinnere mich noch genau, wie ich dieses Buch »verschlungen« habe und wie ich, je länger ich darin las, mehr und mehr selbst ein Teil dieser unendlichen Geschichte wurde.
Der Roman erzählt die Geschichte des kleinen Bastian Balthasar Bux, der in einem Antiquariat ein altes Buch mit dem Titel »Die unendliche Geschichte« kauft und auf dem Speicher seiner Schule darin zu lesen beginnt. Während er liest, gelangt er in das Land »Phantasien« und wird auf einmal selbst ein Teil der Geschichte, der unendlichen Geschichte, die aber nur solange unendlich bleibt, wie Menschen sie weiterspinnen und – fantasieren.

Bastian wird zu Hilfe gerufen von der kindlichen Kaiserin, um »Phantasien« zu retten, denn dieses ist in Gefahr: Eine destruktive Macht, die Macht der Fantasielosigkeit, droht es zu zerstören, weil immer weniger Menschen bereit sind, kraft ihrer Imagination Fantasien wachsen zu lassen.

Mich hat dieses Buch sehr fasziniert, weil es auf liebevolle, erzählende Weise ein Grundproblem unserer Konsumgesellschaft gekonnt beschreibt: Wir lassen uns alles vorkauen! Wir sind und werden mehr und mehr eine gelangweilte, konsumierende und fantasielose Gesellschaft. Schon vor gut 20 Jahren schrieb der amerikanische Autor Neil Postman einen Bestseller mit dem Titel »Wir amüsieren uns zu Tode«. Der Chips fressende, Bier saufende und gelangweilte Zeitgenosse, der mit der Fernbedienung in der Hand vor dem Fernseher in 32 Programmen ständig hin- und herzappt aus Angst, auf irgendeinem Kanal etwas zu verpassen, ist längst zum Schreckensbild, aber auch zum Prototypen des biederen Konsummenschen geworden.

Wir brauchen Menschen, die sich wie Bastian herausrufen lassen aus der Lethargie, aus dieser Konsumhaltung. Wir Christen haben ein Buch, das das kann – uns herausrufen, uns aufrütteln und aufwecken –, ein Buch mit einer »unendlichen Geschichte« und »unendlich vielen Möglichkeiten und Gedanken«, ein Buch, bei dem ich, sobald ich beginne, ernsthaft darin zu lesen und meinen Alltag damit zu gestalten, Teil der »unendlichen Geschichte« werde.
Solch ein Buch ist die Bibel.
Voller Erwartung habe ich die Konkordanz zur Hand genommen – bestimmt steht unter »unendlich« eine riesige Latte von Belegstellen. Jedoch großes Erstaunen – im hebräischen Wortschatz gibt es dieses Wort »unendlich« gar nicht, und auch im Neuen Testament taucht es lediglich ein einziges Mal (und zwar im Hebräerbrief) auf. Schaut man jedoch unter dem Stichwort »ewig« oder »ewiglich«, findet man seitenweise Belege und Textstellen – das hat mich nachdenklich gemacht.
Ist es vielleicht so, dass das Wort »unendlich« die Perspektive des Menschen beschreibt? Dass wir Dinge, die wir uns nicht vorstellen können, eher als Negation mit »un-« beschreiben?
Es gehört zu unseren menschlichen Grunderfahrungen, dass unser Leben hier auf der Erde immer im Schatten des Endes, im Ausblick des Todes liegt. Alles, was wir denken und was wir planen können, hat mit »Anfang« und »Ende« zu tun.
Wenn ich eine Reise mache, plane ich Anfang und Ende.
Was wir uns darüber hinaus nicht vorstellen können, bezeichnen wir als Unendlichkeit. Das ist der Horizont des Menschen. Ganz anders: die Weite und die Undenkbarkeit Gottes – Gott ist vor allem und zuerst einmal ewig –, und ich merke, dass ich mir darunter nur sehr wenig vorstellen kann.

Doch der aus der Wirklichkeit Gottes vorgegebene Begriff heißt »ewig«. Das heißt, seine Gedanken, seine Wirklichkeit kommen im Grunde von der anderen Seite, von dort, wo wir mit unserem Verstand nur noch in der Abgrenzung und Verneinung reden und denken können, von dort bildet Gott, der Schöpfer dieser Erde, dieses unvorstellbaren Universums, seine Grundlage.

Gewiss, die Bibel ist ein Buch von Menschenhand geschrieben, aber diese Menschenhände und -köpfe wurden ganz klar inspiriert von dieser ganz anderen und im Grunde für uns undenkbaren, weil ewigen Dimension Gottes.

Gott füllt das *Un*denkbare und *Un*vorstellbare – das *Un*endliche – positiv, er ist ewig.

Na gut, aber was nützt mir ein Gott, von dem ich zwar weiß, dass er ewig ist, bei dem ich ansonsten jedoch mit dem alten Philosophen bekennen muss: »Ich weiß, dass ich (damit) eigentlich gar nichts weiß.«

Genau da kommt unser Buch ins Spiel: Es gab eine Zeit, ich war nur ein paar Jahre älter als dieser Bastian Balthasar Bux, da habe ich die Bibel, vor allem das Neue Testament, richtiggehend verschlungen. Als Sechzehnjähriger habe ich drei bis vier Stunden am Tag nur die Bibel gelesen. Ich habe mir die Dinge, von denen ich den Eindruck hatte, »die gelten mir«, mit Leuchtmarker unterstrichen, damit ich sie immer wiederfinde. Das, was da stand, galt mir, das war Gottes Brief, Gottes Botschaft an mich.

Meine Eltern schauten immer wieder ganz besorgt nach mir, ob denn ihr Kleiner nun dem religiösen Wahnsinn verfallen sei – ich glaube, mein Vater (ebenfalls Pfarrer) hatte auch ein wenig ein schlechtes Gewissen, weil er selber schon längere Zeit nicht mehr »privat« in dieses Buch geschaut hatte. Nie wieder hat mich die Bibel so intensiv gepackt wie in dieser Zeit, aber nie wieder hat sie mich losgelassen – sie ist ein Teil meiner Geschichte, und meine Geschichte als Christ ist ein Teil ihrer »unendlichen Wirkungsgeschichte« geworden.

Viele finden Bibellesen langweilig – nun, so geht es mir auch manchmal. Aber mal ehrlich: Muss ein Buch, das aus der Dimension des Ewigen geschrieben ist, nicht zunächst einmal »lang-weilig« oder »lang-atmig« sein – viele, viele Texte der Bibel erschließen sich mir doch erst, wenn ich eine »längere Weile« hineinhöre, aber dann ...
Viele Aussagen und Verheißungen der Bibel werden doch erst konkret und lebendig, wenn ich sie beim Wort nehme, wenn ich zu Beginn eines Tages sage: »Jawohl, darauf will ich zugehen – ich will heute mal etwas mehr auf die Spuren des Ewigen in meiner hektischen und kurz-atmigen Tagesplanung achten.«
Und muss nicht in unserer »kurz-weiligen« Zeit ein Buch, geschrieben aus einer ewigen Dimension heraus, zunächst einmal »lang-weilig« wirken?
Ich möchte dich ermutigen, dieses Buch, diesen aufgeschriebenen Teil der »unendlichen Geschichte« Gottes mit uns Menschen öfter in die Hand zu nehmen und darin zu lesen.

Da macht die Unendlichkeit Geschichte, wo ich mich vom Ewigen ansprechen und beleben lasse.

Zum Erfolg verdammt? Fröhlich gestolpert ist halb gewonnen

Als ich noch zur Schule ging, zählte ich nicht zu den sportlich besonders begabten Schülern – irgendwie war ich bewegungsfaul, konnte körperlich nichts besonders gut und hatte auch ansonsten keine Lust auf sportliche Betätigung. Trotzdem hatten wir natürlich jede Woche Sport. In diesem Sportunterricht gab es regelmäßig die Situation, dass man zum Abschluss ein Spiel spielte und die Klasse in mehrere Mannschaften aufgeteilt wurde. Zwei sportlich besonders Begabte durften sich abwechselnd einen Mitschüler aussuchen und ihn in ihre Mannschaft berufen. Regelmäßig war ich einer der Letzten, die aufgerufen wurden – ich habe das gehasst, das lief so nach dem Motto: Na gut, wenn es sich nicht vermeiden lässt, nehmen wir halt noch den Bittlinger. Menschenwürde im Sport, davon konnte ich als sportlich unbegabter Schüler ein Lied singen – diese Prozedur der Mannschaftsauswahl empfand ich als total entwürdigend –, ich habe auf meiner Bank gesessen und gewartet, ich habe mich geschämt und fühlte mich bloßgestellt. Die Sportlehrer damals haben wenig oder gar nichts getan, um die Situation für mich leichter und erträglicher zu machen, im Gegenteil: Ich hatte den Eindruck, dass sie der Meinung waren, ich sei selbst schuld und müsste mich halt einfach mehr anstrengen. Hätte ich hundertprozentigen Einsatz gezeigt, trainiert und mich stärker engagiert, wer weiß – aus mir wäre vielleicht noch ein ganz passabler Hobby-Fußballer geworden.

Der junge Gelehrte Saulus war so einer, ein fanatischer Kämpfer, einer, der sich aufgemacht hatte und nun alles daran setzte, ein einziges großes Ziel zu erreichen. Verfolgung und Vernichtung der Christen – das war sein Ziel. Erfüllt von unbändigem Hass auf diese neue religiöse Bewegung war er permanent unterwegs. »Saulus setzte alles daran, die Gemeinde Jesu auszurotten«, wird in Apg. 8,3 berichtet. Das erinnert an einen Leistungssportler, der alles, ja wirklich alles daran setzt, dieses eine Ziel zu erreichen. Wir können nur darüber spekulieren, warum Saulus so hasserfüllt war, sicherlich identifizierte er sich über die Maßen mit der herrschenden Klasse, er war ein gebildeter junger Mann, aufstrebend und dabei, Karriere zu machen. Und er traute diesen Christen nicht, dieser unmöglichen Gemeinschaft, die ihre Besitztümer teilte, die sich um Kranke kümmerte und die es wagte, öffentlich von diesem Jesus als einem Sohn Gottes zu reden, der angeblich wieder auferweckt worden sei. Das alles erschien ihm als äußerst gefährlich und subversiv – staatsgefährdend. Deshalb hatte er die Verfolgung und Ausrottung dieser »Spinner« als oberstes Ziel auf seine Fahnen geschrieben – was für eine Gelegenheit, sich zu beweisen und für höhere Ämter zu empfehlen!

Aber woher kam dieser »grenzenlose Hass«, von dem die Apostelgeschichte berichtet? Warum diese permanente Verletzung der Menschenwürde (Steinigung des Stephanus)? Mitten in seinem Feldzug, mitten in seiner Verfolgungsjagd wurde Saulus jäh gestoppt. Kurz vor Damaskus umgab Saulus plötzlich ein blendendes Licht vom Himmel. Er stürzte zu Boden und hörte eine Stimme: »Saul, Saul, warum verfolgst du mich?« »Wer bist du, Herr?«, fragte Saulus und die Stimme antwortete: »Ich bin Jesus, den du verfolgst!«

Vor einigen Jahren ging im Rahmen der Olympischen Spiele der Bericht um die Welt, dass ein Marathonläufer in seinem Siegeslauf von einem psychisch Kranken überfallen und abgedrängt wurde, sodass er keine Chance mehr hatte, den Lauf zu gewinnen – was für eine Verletzung der Würde dieses ausgezeichneten Sportlers, der sich auf diesen einen Punkt konzentriert hatte und nun buchstäblich abgewürgt wurde.

Mitten in seinem Lauf gegen die Menschenwürde wurde Saulus gestoppt, niedergerungen und auf eine völlig neue Spur gebracht. Aus dem fanatischen Verfolger und Bekämpfer der ersten Christen wurde durch die persönliche Begegnung mit Jesus ein glühender Botschafter des Auferstandenen, der dann wieder loslief, mit ganzem Einsatz, diesmal mit dem einen Ziel, die Botschaft vom gekreuzigten und auferstandenen Jesus in die ganze Welt zu tragen. Ein Lauf für die Menschenwürde, für die Würde gerade auch der Menschen, die in der antiken Welt als unwürdig erachtet wurden – die Schwachen, die Alten und die Kranken.

Aus dieser Haltung heraus schreibt Saulus, der sich dann Paulus nannte, an die Gemeinde in Korinth: »Von allen Läufern, die im Stadion zum Wettkampf starten, gewinnt nur einer den Siegeskranz. Lauft so, dass ihr ihn gewinnt! Wer im Wettkampf siegen will, setzt dafür alles ein. Ein Athlet verzichtet auf vieles, um zu gewinnen. Und wie schnell ist sein Siegeskranz verwelkt! Wir dagegen kämpfen um einen unvergänglichen Preis. … Ich gebe alles für diesen Sieg und hole das Letzte aus meinem Körper heraus. Er muss sich meinem Willen fügen …« (1. Korinther 9, 24ff.).
Das klingt wie ein Motivationshandbuch für Athleten.

»Lauft so, dass ihr gewinnt!«, rät uns Paulus, »setzt in eurem Leben alles daran, die Liebe Gottes immer größer und stärker werden zu lassen, natürlich kann in einem normalen Wettkampf nur einer den ersten Platz erkämpfen, aber alle müssen so laufen, dass sie eine Chance haben, sonst brauchen sie erst gar nicht zu starten.« Der etwas verbrauchte Satz »Der Weg ist das Ziel« bekommt hier zumindest insofern eine Bedeutung, als es zunächst einmal darauf ankommt, dass wir überhaupt aus den Startlöchern kommen und zumindest einmal beginnen, loszulaufen, statt zu lamentieren und zu diskutieren, ob das alles noch einen Sinn macht. Menschen, die Jesus in dieser

Welt hinterherlaufen, kommen in der Regel nicht besonders schnell voran, es ist eher ein Hindernislauf. Denn Jesus bleibt stehen, wo ich weiterlaufen würde, er hört zu, wo ich schon längst die Luken dicht gemacht habe, und er schenkt Heilung, wo wir gedankenlos Unheil anrichten. Bei diesem »Lauf« geht es nicht darum, wer der Schnellste ist, sondern es geht darum, dass wir überhaupt losgehen, und dann nicht halbherzig, sondern mit ganzem Herzen: Jesus hinterher.

Und der »Bittlinger« von damals? Hat im Laufe seines Lebens gelernt, seine eigenen Ziele zu finden und sich die Mannschaft zu suchen, mit der er optimal vorankommt. Zum Glück habe ich entdeckt, dass es nichts Spannenderes gibt, als in dieser Welt Jesus hinterherzustolpern – und stolpern konnte ich schon immer gut!

Im Neuen Testament werden die Jünger als die Ersten beschrieben, die Jesus »nachfolgten«. Und er selbst forderte und fordert die Menschen ja auf: »Kommt und folgt mir nach …« Dieses Bild war mir immer zu stark. Da hatte ich immer den Eindruck: Das kann ich nicht, »nachfolgen«, das klingt so entschlossen, so gradlinig. Aber eines kann und möchte ich von ganzem Herzen, mich irgendwie an diesem Jesus orientieren, und so stolpere ich ihm halt hinterher …

Er (Ich stolpere Jesus hinterher)

Er möchte, dass ich atmen kann,
den Grund zum Leben wirklich finde.
Denn irgendwann, ja irgendwann,
hebt sich die letzte Augenbinde:
So viele Wege gehn und führen
in unbelebtes Niemandsland.
Bis wir es sehen, hören, spüren,
stehn wir meist rückwärts an der Wand.
Er möchte, dass ich ehrlich werde,
mich selbst erkenne und ich dann
mit beiden Beinen fest auf dieser Erde
die neuen Wege gehen kann.
So viele Stimmen sind in meinem Ohr,
so viele wollen was von mir,
und ich habe Angst davor,
dass ich mich selbst dabei verlier.

Und fällt es mir
auch manchmal schwer,
ihn so in meinem Blick zu halten,
kaum etwas wünsche ich mir mehr:
Ich stolpre Jesus hinterher.

Bridge: Ich glaub, er will zu ganz bestimmten Zeiten,
das Glas erheben und wir trinken dann
auf Grenzen, die wir hier noch überschreiten,
damit die Liebe weitergehen kann.

Und fällt es mir
auch manchmal schwer,
ihn so in meinem Blick zu halten,
kaum etwas wünsche ich mir mehr:
Ich stolpre Jesus hinterher.

Er will, dass meine Wunden heilen,
kennt alle Schatten der Vergangenheit,
will schweigend neben mir verweilen,
er gibt mir Raum und er hat wirklich Zeit.
Er kennt genau mein Grau in Grau
und weiß um meine schwachen Seiten,
und trotzdem schenkt er mir Vertraun,
begleitet mich durch diese Zeiten.

Nun sei doch mal kreativ

Es gibt Phasen, da stehe ich auf der Leitung; ich wäre gerne kreativ, ich würde gerne einen Text oder eine Melodie schreiben und merke, es will mir nicht gelingen. Kaum ein Satz ist dann nervtötender als die Aufforderung: »Nun sei doch mal kreativ!«, weil ich merke: Mir fehlt momentan die Voraussetzung, der »Mutterboden« oder die Grundatmosphäre, innerhalb derer sich meine Kreativität entfalten kann. Ganz klar, auch die Kreativität hat ihre Gesetzmäßigkeiten, und die werden gleich am Anfang der Bibel sehr eindrücklich beschrieben (verkürzt 1. Mose 1, 1-4, 20, 26f., 31):

»Am Anfang schuf Gott Himmel und Erde.

Und die Erde aber war wüst und wirr, Finsternis lag über der Urflut, und Gottes Geist schwebte über dem Wasser.

Gott sprach: Es werde Licht. Und es wurde Licht.

Gott sah, dass das Licht gut war.

Und Gott sprach: Es wimmle durch das Wasser von lebendigem Getier, und Vögel sollen fliegen auf Erden unter der Feste des Himmels.

Gott sprach: Lasst uns Menschen machen als unser Abbild, uns ähnlich. Sie sollten herrschen über die Fische des Meeres, über die Vögel des Himmels, über das Vieh, über die ganze Erde und über alle Kriechtiere auf dem Land.

Gott schuf also den Menschen als sein Abbild; als Abbild Gottes schuf er ihn. Als Mann und als Frau schuf er sie.

Gott sah alles an, was er gemacht hatte: Es war sehr gut.«

Das ist das Urbild eines kreativen Prozesses: Zuerst liegt etwas in der Luft – Gedanken, Bilder, Wortfetzen (wüst und wirr, noch nicht geordnet), das zu Schaffende liegt noch im Dunkeln, dann Konzentration (und Gottes Geist schwebte über dem Wasser) und dann geht es los:
Erst einmal die grobe Struktur (Licht und Finsternis, Wasser und Land).
Nun kommt die Hauptarbeit: die fantasievolle und detaillierte Ausgestaltung des Kunstwerkes, hier zeigt sich der Meister einer Kunst.
Dann – was für ein schöner, genüsslicher Moment, nach langer, langer, kraftvoller Arbeit – tritt der Künstler zurück und begutachtet sein Werk.
Ich stelle mir einen Maler oder Bildhauer vor, der bis zur letzten Sekunde an vielen kleinen Details eines großen Kunstwerkes gewerkelt und geschliffen hat und der nun, vielleicht mit einem guten Glas Rotwein in der Hand, zurücktritt und nicht erschrickt: »Ach du Schande – die Nase ist ja viel zu groß!«, sondern staunt und sieht: »Es ist sehr gut.«
Dieses bunte Bild über die Entstehung der Schöpfung, über Kreativität gleich zu Beginn der Bibel ist eine große Ermutigung für alle, die aktiv ihr Umfeld gestalten.
Denn hier lese ich doch: Der Schöpfer, der Kreator, der Urkünstler schuf den Menschen als sein Abbild. Und wenn das die allererste und grundlegende Aussage über Gott ist, dass er kreativ ist, so ist doch jegliche künstlerische Leistung, jeder kreative Ausdruck eines Menschen immer auch ein stilles Auffunkeln des Göttlichen – eine kleine, kostbare Erinnerung an diese Gottesebenbildlichkeit.

Wohl aus diesem Grund schrieb Johann Sebastian Bach hinter jedes seiner Werke: »Allein Gott (gebührt) die Ehre.«

Die Kunst ist ein Geschenk Gottes, ein Nachhall des göttlichen Kerns in uns. Die bunte Vielfalt der Schöpfungsgeschichte – all die vielen Kreaturen und Pflanzen – ist sind ja letztlich auch ein Ausdruck der bunten Vielfalt, die Gott in jedem Menschen angelegt hat. Eine Vielfalt, die häufig verschüttet und zugedeckt ist, weil wir uns lieber berieseln und uns Bilder und Geschichten mundgerecht vorkauen lassen, anstatt selbst aktiv und kreativ zu werden. Es ist ja zum Beispiel viel einfacher, den Fernseher einzuschalten, als mal ein Buch zu lesen, das geht mir oft ganz genauso – aber der Fernseher ist ein ziemlicher Fantasieblocker. In kleinen und lockeren Häppchen wird da bunt verpackt eine kreative Nulldiät verabreicht.

Wir sind von diesen Kommerzbildern so belagert und zugedröhnt, dass wir oft gar nicht mehr wissen, was für ein Schatz an Fantasie, an Bildern und Begabungen in uns schlummert. Das heißt, ich kann schon allein deshalb nicht kreativ werden, weil ich gar nicht merke, wann etwas Interessantes und Wichtiges »in der Luft liegt« (2. Mose 1, 1+2), und wenn ich es merke oder ahne, bin ich oft zu träge, um es aufzugreifen.

Vielleicht sollte man einfach mal den Fernseher zum Fenster rausschmeißen oder noch besser auf den Sperrmüll tun und nach einer kurzen Trauerphase aufbrechen zu einer atemberaubenden Entdeckungsreise in unsere eigene Fantasiewelt und wieder beginnen, uns gegenseitig Geschichten zu erzählen, miteinander zu musizieren, zu malen, Spiele zu spielen und zu erfinden, zu reden und zu feiern.

»*Das jüngste Gerücht*« (*Predigt*)

(Es war bei einem unserer Sternstunden-Gottesdienste. Als Thema hatte dieser Gottesdienst »Das jüngste Gerücht«. Am Eingang der Kirche standen mehrere Frauen, die die Leute begrüßten und das Gerücht streuten, ich hätte eine erotische Beziehung zu einer verheirateten Frau ... Interessant waren nicht nur die Reaktionen der Leute, sondern auch die Tatsache, dass ich dieses Gerücht erst ganz am Ende meiner Predigt auflöste. Somit konnte die Gemeinde von Anfang an am eigenen Leib und im eigenen Kopf erleben, was ein Gerücht mit einem macht und wie es unsere Haltung zu einem Menschen verändert.)

Haben Sie schon gehört? Diese Kirche hier soll verkauft werden. Ein Nachtclubbesitzer hat nun unserer Landeskirche, so sagt man, ein derart gutes, geradezu unmoralisches Angebot gemacht, dass man einfach nicht Nein sagen konnte, und so soll, habe ich zumindest gehört, diese schöne Kirche in den kommenden zwölf Monaten verkauft und zu einer schicken Diskothek umgebaut werden. Sie müssen das verstehen: In Zeiten leerer Kassen muss auch die Kirche schauen, wo sie bleibt – da müssen ja Gehälter, Pensionen und Ruhegehälter weiterbezahlt werden –, ob man will oder nicht, und wenn dann jemand tatsächlich bereit ist, vier Millionen Euro für so eine Kirche zu bezahlen ... Die politische Gemeinde hat auch nichts dagegen – im Gegenteil: Denken Sie nur an die Gewerbesteuereinnahmen – gut, mit den Anwohnern wird es ein paar Probleme geben, wegen der Parkplätze und der Lärmbelästigung, aber dafür gibt es dann einen Zuschuss für jeden betroffenen Haushalt, mit dem man sein Haus mit Schallschutzfenstern nachrüsten kann. »The Church« soll der Club heißen – das wird der Hammer –, endlich wieder permanent volles

Haus. Gut, der Kirchpark kommt weg – es müssen ja auch ein paar Parkplätze her, man kann ja nicht nur sämtliche Straßen, Ein- und Ausfahrten zuparken, man muss schon auch ein paar neue Parkmöglichkeiten schaffen …

Sie schauen mich so ungläubig an – haben Sie noch nichts davon gehört? Aber, dass die Kirche Geld braucht, das haben Sie doch sicherlich schon einmal gehört, oder? Ich weiß, ich weiß – Sie beschäftigt heute Abend ein ganz anderes Gerücht. Das jüngste Gerücht lautet, was ich so mit einem Ohr mitgehört habe: »Der Bittlinger hat eine erotische Beziehung zu einer verheirateten Frau …«, haben Sie das auch gehört? Also ich habe vorhin mitbekommen, wie sich da einige regelrecht »das Maul darüber zerrissen« haben.

Ich sag dazu jetzt erst mal gar nichts – nur vielleicht so viel: Jedes Gerücht hat einen wahren Kern. Der wahre Kern des Gerüchts über den angeblichen Verkauf dieser Kirche könnte der sein, dass die Kirche Geld braucht – und plötzlich sind der Fantasie keinerlei Grenzen mehr gesetzt.

Wie entsteht denn nun ein Gerücht? Rein sprachlich kann man hier zunächst zwei Wortstämme entdecken: gerucht und geruft (im Niederdeutschen wird ein »cht« aus dem »ft«). Somit haben wir einerseits in der Urbedeutung alles, was »anrüchig«, »berüchtigt« und »ruchbar« ist, in dem Wort »Gerücht« mit drin. Wenn wir nun noch die Redewendung »im Geruche stehen« mit dazunehmen, dann wird deutlich: Es geht um etwas, was »in der Luft liegt« – es geht aber auch um »den Ruf«, den jemand hat oder zu verlieren hat. Damit kommen wir zum zweiten Wortstamm aus dem mittelhochdeutschen »geroufte«, was so viel wie »Gerufe und Geschrei« bedeutet. Im niedersächsischen Rechtsleben bezeichnete man mit »geruchte« speziell das Not- und Hilfegeschrei eines Verbrechers, der auf frischer Tat ertappt wurde, aber auch das Geschrei und Gejammere eines verurteilten Verbrechers. Heute ist das Wort »Gerücht« nur noch im Sinne von »umlaufendes

Gerede« gebräuchlich. Und wie kommt ein Gerücht nun in Umlauf? Das kann ganz einfach und ganz schnell passieren: Jemand kommt in diesen Gottesdienst und hört schon an der Eingangstür, wie jemand jemand anderem sagt: »Der Bittlinger hat eine erotische Beziehung zu einer verheirateten Frau ...«, und denkt: »Also ne, wenn das so einer ist, dann geh ich auch nicht in den Gottesdienst« – geht nach Hause und erzählt fortan jedem, der es wissen möchte, das, was er gehört hat ... ohne abzuwarten, zu hören und genau hinzuschauen, was es mit diesem Gerücht auf sich haben könnte.

Auch hier im Gottesdienst könnte Folgendes passieren: Jemand hört die Einleitung meiner kurzen Predigt und hört »die Kirche soll verkauft und in einen Nachtclub verwandelt werden« – dann verfällt er oder sie in jenen unbekümmerten Dämmerzustand, der sich immer dann einzustellen scheint, wenn man oder frau ein Kirchengebäude betritt. Betreffende Person kommt nach Hause und wird befragt: »Na, wie war es denn?« »Ja, du, eigentlich ganz schön, aber die Kirche soll verkauft werden, hast du das gewusst?«

Beide Beispiele zeigen: Jemand hat etwas gehört, aber in keinster Weise den Kontext und Zusammenhang beachtet, in dem etwas gesagt wurde (ein trauriges Los, das im Übrigen auch regelmäßig viele Bibelverse ereilt), und so darf man sich nicht wundern, wenn man bei der Frage nach der Entstehung von Gerüchten immer wieder auch den entrüsteten Satz hört: »So hab ich das nie gesagt!«

Missverständnis

Nach zwanzig Jahren Ehe
war sie den Alten leid,
ließ alles liegen, stehen
und hat noch mal gefreit.
»Mein Dasein wird nun triste«,

so rief er laut und bang,
»unsere Beziehungskiste,
dacht ich, hält lebenslang.«

So hab ich das nie gesagt.
Hättest du doch nachgefragt!
So wie es nun scheinbar scheint,
so hab ich es nie gemeint.

Nach etwa vierzehn Tagen,
da war der Motor hin.
Die Käuferin wollt klagen,
sah darin einen Sinn,
den Händler zu belangen,
ihr Vorwurf hieß »Betrug«,
doch der, ganz unbefangen,
erwiderte nur klug:

So hab ich das nie gesagt.
Hättest du doch nachgefragt!
So wie es nun scheinbar scheint,
so hab ich es nie gemeint.

Ein Zahn war faul geworden
nun lag er beim Dentist.
Der machte nicht viel Worte,
betäubte das Gebiss.
Als der Patient erwachte
und dort im Spiegel sah,
dass er nun zahnlos lachte,
da sprach er nicht sehr klar:

So hab ich das nie gesagt.
Hättest du doch nachgefragt!
So wie es nun scheinbar scheint,
so hab ich es nie gemeint.

Vor Wahlen hört man Reden,
Versprechen aller Art,
»Verbesserung für Jeden!
Und endlich wird gespart!«
Doch sind sie angekommen
im Turm aus Elfenbein,
erinnern sie verschwommen
und stimmen jetzt mit ein:

So hab ich das nie gesagt.
Hättest du doch nachgefragt!
So wie es nun scheinbar scheint,
so hab ich es nie gemeint.

Wie funktioniert ein Gerücht und was macht ein Gerücht mit uns? Weil jedes Gerücht einen wahren Kern hat, ist es auch so gefährlich. Jemand hört etwas, was jemand anderes vom Hörensagen zitiert, und erzählt es halb verstanden weiter, sodass nur der spektakuläre und verkürzte Teil eines Sachverhalts übrig bleibt, und der entwickelt sich dann zu einem Gerücht. So, wie sich aus einem kleinen harmlosen Schneeball eine riesige und verheerende Lawine entwickeln kann, so kann aus einer banalen Nachricht durch Hinzudichtung und Sensationslust ein schlimmes, mitunter existenzvernichtendes Gerücht entstehen.

Das kann in einem kleineren Ort dann vielleicht sogar so weit gehen, dass man sich nicht mehr aus dem Haus traut, weil man die Schmähungen, das Getuschel und den versteckten Hass nicht mehr erträgt …

… Das war wohl auch die Situation jener Frau, die sich nur noch in der heißen Mittagssonne, dann, wenn alle anderen im Schatten oder im kühlen Haus Siesta hielten, auf die Straße traute. Diese Frau war Ortsgespräch und es gab eine ganze Latte von Gerüchten über ihren Lebenswandel. Sie konnte sicher sein, dass sie beobachtet wurde, dass sich die Gardinen bewegten, auch wenn sie sich mitten am Tag durch die sengende Hitze auf den Weg durch den Ort machte, um frisches Wasser aus dem Dorfbrunnen zu holen. Fünf verschiedene Männer hatte sie schon gehabt – einer war gestorben, ein anderer hatte sie verstoßen, weil sie sein Lieblingsgericht nicht genauso hinbekommen hatte, wie er es von seiner Mutter gewöhnt war, einen dritten hatte sie verlassen, weil sie es nicht mehr ertrug, Tag für Tag gedemütigt und geschlagen zu werden – es hatte schon seine guten Gründe, warum ihr Leben so verlaufen war. Aber danach fragte niemand – es fragte sowieso niemals irgendjemand. Niemand fragte nach: »Sag mal, stimmt das? Wie war das eigentlich? Wie kam es dazu?« Niemand sprach mit ihr, man sprach nur über sie und sie hatte keine Chance, sich zu erklären und auf Verständnis zu hoffen.
Die Kinder auf der Straße rannten ihr johlend hinterher und hatten sie einmal sogar mit Steinen beworfen. Nur mit knapper Not war sie dem Tod entkommen.
Und nun war sie wieder auf dem Weg zum Brunnen, um mit ihrem Krug Wasser zu holen – doch zu ihrem Entsetzen war sie nicht allein. Jemand saß dort am Dorfbrunnen und dieser jemand war zu allem Übel auch noch ein Mann – das hatte ihr gerade noch gefehlt, hatte sie nicht schon genug Ärger mit Männern, konnte das denn nie aufhören …

Dieser Mann war Jesus und er bat die Frau: »Gib mir zu trinken!« Das war aber sehr ungewöhnlich, nein, nicht die Bitte: »Gib mir zu trinken«, sondern die Tatsache, dass dieser Mann offensichtlich ein Jude war und sie war eine Frau aus Samarien. Deshalb antwortete sie ihm: »Wie kommst du dazu, als Jude mich, eine samaritische Frau, um etwas zu trinken zu bitten?« Denn die Juden vermieden den Kontakt mit Samaritern. Wollte man der Frage nachgehen, warum die Juden und die Samariter den Kontakt zueinander vermieden, so würde man auf eine lange Geschichte politischer und religiöser Differenzen zurückblicken, eine Geschichte von Konkurrenz und Neid, und sicher würde man auch zum Thema »Gerüchte« jede Menge Stoff finden. Jesus ging darauf gar nicht ein. Für ihn hatten diese alten Verstrickungen und Hassbindungen keine Bedeutung und er antwortete: »Wenn du wüsstest, wer zu dir sagt: ›Gib mir zu trinken‹, dann würdest du umgekehrt ihn bitten, dass er dir lebendiges Wasser geben würde.« Jetzt musste die Frau aber doch innerlich schmunzeln: Typisch Mann, so ein Angeber, wie wollte der ihr Wasser geben?, und deshalb brachte sie es mit jenem unvergleichlichen weiblichen Pragmatismus auf den Punkt: »Wie willst du mir Wasser geben, du hast ja noch nicht mal einen Eimer, mit dem du Wasser aus dem Brunnen schöpfen könntest. Und glaub mir, der Brunnen ist tief, woher willst du lebendiges Wasser haben?«

Das wusste sie, das war ein Teil ihrer Geschichte, ihrer Sehnsucht nach Leben, nach lebendigem Wasser, das den Durst, die Sehnsucht wirklich stillte. Oh, wie tief war dieser Brunnen und in welche Abgründe hatte sie sich im Laufe ihres Lebens begeben, um ein wenig diese Sehnsucht nach Leben zu stillen. Fünf Männer waren ihre bisherigen Wegbegleiter und noch immer hatte sie ihn nicht gefunden, diesen Lebensbrunnen, diese Quelle, aus der sie schöpfen und leben konnte. Die Leute sahen ja nur das Äußerliche, wussten ja nichts von ihrer Suche, und hätten sie sich tatsächlich dafür interessiert, dann hätten sie vielleicht gemerkt: Ja, es stimmt. Der Brunnen ist so tief und auch ich habe Sehnsucht nach Leben. Aber die meisten Menschen lassen das nicht an sich heran, lieber streuen sie Gerüchte und halten sich die Frage nach dem »Sinn ihres Lebens« lieber vom Leib.

Wie viele von uns sehnen sich nach »lebendigem Wasser«, das wirklich unseren Durst stillt, und wir wissen es: Dieser Brunnen ist tief und so schwer zu erreichen. Was unternehmen wir nicht alles, um erfrischt, erfüllt und sinnvoll zu leben. Wie viele Ersatzhandlungen begleiten unsere innere Suche nach lebendigem Wasser, nach einer Quelle, die wirklich unseren Durst nach Leben stillt.

Jesus sagt: »Wer von diesem Wasser trinkt, der wird wieder Durst haben. Wer versucht, aus den Quellen dieser Welt seinen Durst zu stillen, der wird wieder und wieder Durst haben.
Wer aber von dem Wasser trinken wird, das ich ihm gebe, der wird ewig, also für immer keinen Durst mehr haben. Das Wasser, das ich ihm geben werde, wird für ihn ein Brunnen des Wassers werden, das in das ewige Leben quillt!«

Keinen Durst mehr: Jesus, das Leben, die Begegnung mit Jesus kann unser Leben neu füllen und erfüllen. Das Ende einer langen Suche, kein unbefriedigtes Schielen auf andere mehr, kein Tratsch und keine Gerüchte mehr: Ich bin erfüllt und spüre etwas von dem lebendigen Wasser, das meinen Durst nach Leben stillt.
Jesus spricht mit der Frau, spricht mit ihr über ihre Männer, hört zu und lässt sie erzählen – die Gerüchte hören auf, weil jemand nachfragt und zuhört und eine völlig neue und erfrischende Zukunft eröffnet.

Und die Gerüchte? Okay, die Kirche braucht zwar Geld, aber diese Kirche wird natürlich nicht verkauft!
Ach, Sie meinen das andere Gerücht: Es stimmt! Ich gebe zu: Ich habe eine erotische Beziehung zu einer verheirateten Frau. Das ist äußerst

praktisch und geht im Übrigen schon sehr lange so, genau gesagt seit 23 Jahren. Seit 23 Jahren ist diese Frau verheiratet – und das Allertollste daran ist: Sie ist mit mir verheiratet!

Geste

Seit einigen Jahren bin ich mit dem Benediktinerpater Anselm Grün freundschaftlich verbunden. Von ihm habe ich gelernt, wie gut und heilsam es sein kann, einen Bibelvers oder einen Segen durch eine Geste körperlich nachzuvollziehen.

Geste: Ewiges Wasser

»Wer von dem Wasser trinkt«

Die Hände machen eine Schale, die zum Mund geführt wird

»das ich ihm geben werde«

Die Hände öffnen sich »gebend« nach vorn

»wird einen Brunnen haben«

Beide Hände aufs Herz

»der ins ewige Leben quillt«

Arme anbetend nach oben

»Amen«

Hellhörig: die Predigt

- Hellhörig: Bei einem Gebäude ist das zunächst unangenehm. Man fühlt sich gestört, lauert schon auf das nächste Geräusch (Klopfen an der Wand, Hämmern mit dem Besenstiel an die Decke etc.). Wenn Leute nicht aufeinander zugehen und nur »ihre Ruhe« haben wollen, kann Hellhörigkeit zu einem echten Problem werden.

- Hellhörig: Bei einem Gebäude lernt man, aufeinander zu achten, wir sind nicht allein, wir lernen, Rücksicht zu nehmen. Wenn Menschen einander mögen und aufeinander zugehen, kann man lernen, hellhörig und sensibel miteinander umzugehen – eine gute Schule für das Miteinander …

- Hellhörig: Ich horche auf. Im Gespräch, in einer Begegnung sagt plötzlich jemand etwas, das mich aufhorchen lässt. Als ein Mensch, der auf die Spuren Gottes in dieser Welt achten möchte, werde ich immer dann hellhörig, wenn jemand diese Spuren missachtet oder leugnet, wenn jemand so tut, als gäbe es diese Spuren und diese Wirklichkeit nicht, denn aus dieser Gottesmissachtung erwächst häufig eine Menschenverachtung.

- Ich werde hellhörig, wenn jemand allzu materialistisch, allzu nationalistisch, sich allzu selbstbezogen äußert. Ich werde hellhörig bei ausländerfeindlichen Tönen – da bin ich wie ein japanisches Haus, ich habe ganz dünne Wände. Ich werde aber auch hellhörig, wenn sie aufblinken, diese Spuren Gottes im Gesicht eines Menschen, im Engagement von Mitarbeiterinnen und Mitarbeitern, in einem guten Gespräch, in einem schönen

Gottesdienst, in der Begegnung mit einem Kind. Es gibt so viele Momente, in denen die Wirklichkeit Gottes mitten in unserem Alltag anklingt und uns zublinzelt. Dafür möchte ich sensibel sein – hellhörig eben, weil es mein Leben so viel reicher und herzlicher werden lässt.

Der Priesterschüler Samuel hat sich schlafen gelegt. Er ist hundemüde. Ein langer, langer Tag voller Arbeit liegt hinter ihm und er will nur noch eines: schlafen. Seine Kammer liegt direkt neben dem Gemach seines Lehrers und Vikarsvaters Eli und auch der hat sich schlafen gelegt. Während er dahindämmert, hört er das gleichmäßige Atmen des alten Priesters und fällt auch bald in einen tiefen und traumlosen Schlaf.
Plötzlich hört er mitten in dieser dunklen Nacht laut und vernehmlich seinen Namen: »Samuel, Samuel!«. Aus dem ersten Schlaf heraus schreckt er auf, springt aus dem Bett und eilt hinüber zu seinem Lehrer.

Ich kenne diese Situation sehr gut. Wenn unsere Kinder nachts aufwachen und rufen, bin ich (wenn ich gerade zuständig bin) sofort hellwach, springe wie automatisch aus dem Bett und schaue, was los ist. Da wird nicht erst groß gehorcht und überlegt, sondern das ist wie ein Mechanismus: zack, »stehe ich auf der Matte« und schaue nach dem Rechten.
Ich denke, so ähnlich können wir uns auch diese Situation vorstellen: Samuel steht sofort auf der Matte, eilt hinüber zu seinem Lehrer und ruft: »Hier bin ich!«
Sicherlich hat Eli auch schon gut geschlafen und wenn man gerade eingeschlafen ist, freut man sich ganz besonders, wenn man wegen nichts und wieder nichts geweckt wird. »Was soll das, Samuel? Du hast geträumt, musst du mich denn deswegen aus dem Schlaf reißen? Leg dich wieder hin und ruh dich aus. Wir haben morgen einen anstren-

genden Tag vor uns, vergiss das nicht …« Mürrisch zieht sich Eli die Decke über den Kopf und damit ist für ihn die Sache erledigt. Samuel will noch anmerken: »Aber ich habe doch wirklich gehört, dass mich jemand …«, da hört er schon das laute Schnarchen von Eli und zieht sich zurück in seine Kammer.

Doch kaum hat er sich hingelegt und ist noch gar nicht richtig weggesackt, hört er wieder diese Stimme: »Samuel, Samuel!«, und ist sofort wieder auf den Beinen: »Hier bin ich doch!«, und rüber zu Eli. Der hat es schon nebenan rumpeln gehört und erwartet seinen Schüler mit einem süffisanten Lächeln: »Tja, wenn du seit Neuestem Stimmen hörst, müssen wir halt mal zum Arzt gehen, sicherlich bist du überarbeitet – umso wichtiger ist es, dass du zur Ruhe kommst, ruhe dich aus und lege dich schlafen …«

»So was Dummes aber auch …«, denkt sich Samuel und legt sich wieder hin. »Herrlich, mein Gott, was bin ich müde, alle Glieder ausstrecken und richtig schön schlafen, endlich schlafen … ach ja …«, und er fällt in einen tiefen dumpfen Schlaf, tief und tiefer …

»Samuel, Samuel!«, schweißgebadet und völlig benommen taucht er auf aus den untersten Gründen der Tiefschlafphase. Das ist gemein, auch das kenne ich, wenn ich so richtig schön weggesackt bin und plötzlich werde ich nachts um drei oder vier oder fünf von irgendetwas so gestört, dass ich aufwache, aufschrecke und mich erst einmal sortieren muss. Eben noch im Traum auf einer Blumenwiese und jetzt aufgeschreckt irgendwo in einer Höhle (wo bin ich?).

Es muss schon etwas besonders Hartnäckiges, Lautes oder Schrilles sein, was mich in so einer Situation wach kriegt.

Missgelaunt und benommen taumelt Samuel hinüber zu seinem Lehrer und viel mehr als ein knurriges »Was ist denn jetzt schon wieder?« bringt er wohl nicht hervor. Doch Eli beachtet ihn gar nicht, der ist nämlich auch in der Tiefschlafphase, und so muss Samuel schon laut werden und rufen: »Meister, du hast mich gerufen, hier bin ich!« Stellen Sie sich mal diese Situation vor. Heute würde man »Slapstick« dazu sagen, eine komische, von außen betrachtet äußerst amüsante Situation. Da brüllt der Schüler Samuel seinen selig schnarchenden Lehrer an und fragt ihn, was dieser denn von ihm will, obwohl die Situation eindeutig ist. Wäre Samuel ein bisschen sensibel, würde er sehen und hören, was sein Lehrer mitten in der Nacht von ihm will. Was meinen Sie, wie würden Sie das deuten, was will der schlafende Eli von seinem Schüler Samuel mitten in der Nacht? NICHTS!!! Entsprechend ungehalten ist Eli, als er schließlich aus dem Reich der Träume in die Realität taumelt: »Samuel, was soll das? Kannst du mich nicht einmal in Ruhe schlafen lassen? Hast du vielleicht zu viele Zwiebeln gegessen oder zu viel getrunken?«

Mitten hinein in seine schlaftrunkenen Deutungsversuche durchzuckt es Eli mit einem Mal und er erinnert sich an etwas, das er schon fast vergessen hatte, eine Ahnung steigt in ihm hoch, ein Gefühl, das Erschrecken und wohliges Schaudern zugleich über seinen Rücken laufen lässt. Eine Möglichkeit, mit der er in den vielen Jahrzehnten seines »Berufspriestertums« schon lange nicht mehr gerechnet hat: »Könnte es sein, könnte es sein, dass hier auf einmal wieder Gott selbst spricht?«

Eli wird hellhörig und ist auf einmal hellwach: »Erzähl mir von dieser Stimme. Wie klingt sie und was wird sonst noch gesagt?« »Mehr nicht, ich höre, wie jemand laut und deutlich meinen Namen ruft, und ich dachte selbstverständlich, dass du ...« – »Leg dich wieder schlafen, Samuel, und solltest du noch einmal hören, dass dich jemand ruft, dann steh auf und antworte: ›Rede, Herr, dein Knecht hört‹, denn dann, ja, ich traue es mich kaum auszusprechen, dann möchte Gott, der Gott Abrahams, Isaaks und Jakobs, der Gott, der unser Volk aus dem Ägyptenland befreit hat, der möchte dann mit dir reden ...«

Richtig einschlafen kann Samuel nun wohl nicht mehr. Im Halbschlaf dämmert er vor sich hin, träumt wirres Zeug und ist vor allem eines: hellhörig.

Sicher auch Eli, sicherlich kann auch er nicht mehr richtig schlafen, sollte es tatsächlich sein, dass Gott mit seinem Schüler Samuel sprach.

Er hatte es schon fast vergessen, dass es einmal eine Zeit gab, in der er selbst ganz direkt und ganz persönlich von diesem Gott angesprochen wurde. Eine Zeit, in der er, dem Ruf Gottes folgend, sich auf den Weg gemacht hatte, Hauptamtlicher, Priester, Kirchenbeamter zu werden.

Was war das für eine aufregende, spannende Zeit, als er diesem Ruf folgend seine eigenen Begabungen entdecken durfte, als er erleben durfte, dass Menschen Hoffnung, Glauben und Frieden erfuhren.
Eine Zeit, in der das Gebet und das tägliche Lesen im Wort Gottes spannend, aufregend und existenziell unbedingt notwendig waren. Als er die Bibel gewissermaßen verschlungen hatte, wissbegierig und voller Sehnsucht nach diesem lebendigen Gott.

Wie wenig ist davon heute noch übrig. Gerade hat er sein 50-jähriges Priesterjubiläum feiern dürfen. Eine kleine Feier hat es gegeben, eine Urkunde und zwei Flaschen Wein, ein paar Grußworte und einen Händedruck vom Kirchenpräsidenten.
Die Jahre und Jahrzehnte in der Mühle des religiösen Alltags und Ritus haben ihn abgestumpft. Die Vertreter der religiösen Zunft sind in erster Linie mit sich selbst beschäftigt und alle reden vom Geld, nein, man vertraut nicht mehr auf diesen Gott, der sein Volk aus Ägyptenland gerettet hatte, man starrt wie alle anderen auf

Statistiken und Zahlen und hämmert sich aus den Münzen eine von unzähligen Neuauflagen des Goldenen Kalbes.
»Wir rechnen gar nicht mehr mit diesem Gott«, durchfährt es ihn.
»Wir haben sein Erbe, seine Worte und sein Handeln als Geschichte abgehakt und sind nun lediglich Verwalter einer von Tag zu Tag älter werdenden Tradition.
Totengräber sind wir geworden. Dabei sagte man doch: ›Tradition bewahren heißt nicht, die Asche aufheben, sondern das Feuer weiterreichen ...‹«, als junger Priester hatte er diesen Satz des Öfteren spöttisch den Kirchenoberen vorgehalten.
Doch nun ist er selbst ein Teil dieses trägen, religiösen Verwaltungsapparats geworden, unfähig, sich zu lösen oder gar zu einer Lösung beizutragen – er ist ja selbst zu einem Teil des Problems geworden.

Sie, die Hauptamtlichen, haben es sogar weitgehend verlernt, miteinander zu beten und Gott um seine Hilfe anzuflehen. Kein Wunder also, dass Gott schweigt. Was soll einer auch sagen, wenn niemand mehr zuhört, wenn alle nur noch mit sich selbst beschäftigt sind und keiner mehr »hellhörig« ist?

Könnte es trotz alledem sein, dass Gott redete und wir es nur verlernt haben, zu hören?

Unruhig, aufgewühlt und hellhörig wälzt sich Eli hin und her und wartet darauf, ob vielleicht auch er die Stimme Gottes hören würde, doch das Einzige, was er hört ist, dass irgendwann, in den frühen Morgenstunden, aus der Kammer von nebenan sein Schüler Samuel ruft: »Rede, Herr, dein Knecht hört ...«

Aus heiterem Himmel

Vor etlichen Jahren haben wir hin und wieder einen Teil der Sommerferien mit 60 bis 80 Jugendlichen in Norwegen verbracht. Unterhalb von Bergen gibt es ein wunderschönes Freizeitheim, mit einem großen Park, direkt an einem Fjord gelegen, mit acht eigenen Kanus ausgestattet, einer großen Turnhalle und vielen Werk- und Gruppenräumen. Die meiste Zeit haben wir mit den Jugendlichen jedoch in der wunderschönen Natur verbracht. Und wenn man dann so einen ganzen Tag an der frischen Luft aktiv und unterwegs war, dann bekommt das Abendessen einen ganz besonderen Stellenwert. In der Regel haben wir jeden Abend ein kleines, aber leckeres Büfett aufgebaut mit Käse, Wurst und Salaten. Vor dem Essen wurde natürlich erst einmal gebetet. Doch je nachdem, wie lecker oder verlockend das Büfett aussah oder roch, mag sich dieses Tischgebet in den Ohren von so manchem Jugendlichen angehört haben wie: »Auf die Plätze, fertig, Amen!« Man konnte schon während des Tischgebets beobachten, wie sich Einzelne, meist Jungs, schon in Position rückten, wie sich die Muskeln anspannten und die Speichelsekretion einsetzte, um beim alles erlösenden »Amen« loszustürzen und sich als Erster möglichst viel auf den eigenen Teller zu häufen. Dabei musste ich oft an die von Reinhard Mey so treffend besungene »Schlacht am kalten Büfett« denken:

> »... Bei der heißen Schlacht am kalten Büffet,
> da zählt der Mann noch als Mann,
> und Auge um Auge, Aspik um Gelee,
> hier zeigt sich, wer kämpfen kann, hurra! ...«

Kennen Sie doch, oder? Na ja, wir haben am letzten Tag dann den Spieß umgedreht, indem wir ein besonders schmackhaftes und erlesenes Abschlussbüfett aufgebaut haben und dann zu den Jungs gesagt haben: »Heute dürft ihr euch als Erste nehmen – ihr dürft nämlich die Mädchen bedienen …«

»Das war die Schlacht am kalten Büfett …« In der Bibel, genauer gesagt im Neuen Testament, gibt es eine Erzählung, die mich immer wieder an diese Situation in Norwegen erinnert. Vor Jerusalem gab es einen Teich, den Teich Betesda, und um dieses Gewässer herum waren erstaunlicherweise fünf Säulenhallen gebaut. Dort lagen viele Kranke, Blinde, Lahme und Ausgezehrte. Alle, die dort lagen und lebten, warteten auf ein Wunder, denn, so sagte man, von Zeit zu Zeit würde ein Engel Gottes gewissermaßen »aus heiterem Himmel« in diesen See hinuntersteigen und auf eigentümliche Weise das Wasser bewegen und der Erste, der dann in diesem Teich wäre, würde gesund werden – fantastisch, stellen Sie sich das vor, einfach so: als Erster und im richtigen Augenblick am Wasser sein, rein in die Brühe und weg ist die Krankheit.

Ich glaube, das war eine ziemlich makabre Situation, in der sich die Menschen dort befanden: Erstens war sicherlich nicht jede Bewegung, die dieser Teich vollzog, auf einen Engel zurückzuführen, das konnte durchaus auch nur eine Windböe sein, und zweitens gab es, weil man ja nicht wusste, ob es nun solch eine heilsame Bewegung war oder nicht, jedes Mal ein wildes Humpeln und Robben – ein absurder Wettlauf mit vielen Verlierern und selten einem Gewinner. Doch eines hatte diese Gemeinschaft gemeinsam, sie waren alle offen, warteten auf ein Wunder, waren offen dafür, dass sie irgendwie an diesem Wunder des Teiches Bethesda teilhaben würden. Doch diese Gemeinschaft hatte keinerlei Verbindlichkeit, denn sobald auch nur der Funke einer Chance bestand, gesund zu werden, war sich jeder selbst der Nächste.

Die biblische Erzählung lenkt nun unsere Aufmerksamkeit auf einen Mann, der seit 38 Jahren gelähmt ist und eigentlich überhaupt keine Chance bei diesem makabren Wettlauf hat, und trotzdem liegt er da. Wer schon alles ausprobiert hat, wer seit vielen Jahren krank ist und vielleicht sogar liegen muss, klammert sich an jeden Strohhalm, auch, wenn es völlig absurd und aussichtslos scheint.
Dieser Mann fällt Jesus auf, er bleibt stehen, erfährt, wie lange dieser Mann schon krank ist, und hört zu, lässt sich seine Geschichte erzählen – 38 Jahre Krankheitsgeschichte, wie viel Leid, wie viel Elend kauert in diesem Moment vor Jesus. Wenn mir jemand seine Geschichte erzählt und es eine schwere Geschichte voller Trauer, Schicksalsschläge und Krankheit ist, werde ich immer stiller und immer nachdenklicher, werde ich mitunter selber traurig und mutlos, bis wir dann vielleicht in dieser Ratlosigkeit beieinander sitzen bleiben und erst einmal gar nicht mehr reden.
In diese Stille und Ratlosigkeit hinein stellt Jesus dem Kranken eine scheinbar völlig absurde Frage. Er fragt ihn: »Willst du gesund werden?«

Eine Zumutung, diese Situation. Eine Zumutung, diese Frage: »Willst du gesund werden?«, aber wann immer Jesus diese Frage gestellt hat oder stellt, meint er mit »gesund« weit mehr als: »Willst du wieder gehen können?«. Das muss der Kranke irgendwie gespürt haben, denn er antwortet nicht sofort mit »Ja« oder »Nein«, sondern er sagt: »Herr, ich habe keinen Menschen, der mich, sobald das Wasser in Bewegung kommt, in den Teich trägt – bis ich dort unten angekommen bin, sind die Ersten schon zwei Runden geschwommen, allein habe ich keine Chance … Die Verbindlichkeit unserer offenen Gemeinschaft hier rund um den Teich Bethesda zerbricht in dem Moment, wo die Chance besteht, an diesem Wunder teilzuhaben. Sobald sich das Wasser bewegt, ist jeder sich selbst der Nächste, setzt sich die rücksichtslose Ellenbogengesellschaft wieder durch.«

»Willst du gesund werden?« – Krank sind sie alle, die da um den Teich Bethesda lagern, körperlich krank, aber auch, und das macht die Situation dieses Mannes so aussichtslos, krank in den Herzen und Köpfen. »Herr, ich habe keinen, der mich trägt ...«

Kurz und knapp, eine Beschreibung unserer Gesellschaft – wir sind die Kranken, die Erfolgsblinden, die Lahmen, wenn es darum geht, anderen zu helfen, und die Ausgezehrten, ausgelaugt von dem Geld, dem wir tagtäglich hinterherlaufen. Wir sind die Wohlstandskrüppel der modernen Gesellschaft und jeder und jede von uns hat so einen braunen Teich, auf den wir starren und von dem wir alles, aber auch im Grunde nichts mehr erwarten. Diese braune Brühe kann bei jedem und jeder von uns anders aussehen, der eine ist fixiert auf den Erfolg, auf seine Karriere, die andere starrt auf ihre Rente (»wenn ich erst mal nicht mehr arbeiten muss ...«), wieder andere sparen und starren auf ein eigenes Haus, ein neues Auto oder sechs Richtige im Lotto – alles gute und wichtige Dinge, die uns das Leben bereichern, aber wenn das das Einzige ist, worauf wir unser Leben konzentrieren, dann liegen wir mitten im Siechtum am Teich Bethesda und müssen ausgezehrt gestehen: »... ich habe keinen, der mich trägt, ich fühle mich manchmal so leer ...« Bei den meisten von uns hat dieser braune Teich mit Geld zu tun. Stellen Sie sich mal an den Ausgang einer Bank und beobachten Sie, wie die Menschen da rein- und rausgehen, das hat liturgische Züge, dazwischen ist immer die Textlesung, Predigt, denn je nachdem was auf den Auszügen steht, ziehen die Menschen erhobenen oder gebeugten Hauptes aus dem Mammontempel, Kyrie und Gloria. Geld spielt in unserem Leben einfach eine zu große Rolle. Viele macht die Sehnsucht nach mehr und mehr Geld krank, kaputt und einsam, denn wo ich mir scheinbar jede Dienstleistung kaufen kann, brauche ich ja auch keinen mehr, der mich trägt. Der hämische Satz: »Wenn jeder an sich selbst denkt, ist auch an alle gedacht ...« kippt und wird zur Verhöhnung des Menschen, der sich gar nicht mehr

selbst helfen kann und dessen Heilung bereits mit dem Satz beginnen könnte:
»Ich brauche einen Menschen, der mich trägt …« Unsere Heilung, die Abkehr von unserem krankhaften Egoismus, könnte mit der Erkenntnis beginnen: »Ich brauche einen Menschen, der mich trägt …«
Und dieser Mensch steht nun vor diesem Kranken, dieser Mensch steht vor uns heute Morgen: Jesus, er hat zugehört, er kennt unser Elend und er sagt: »Steh auf, nimm dein Bett und geh!«
Wahnsinn, was für ein Moment, was für eine Zumutung. Durch wie viele Wände und Nebel der Einsamkeit und Frustration von 38 Jahren Krankheit muss dieser Satz Jesu bei dem Kranken dringen, bis er ihn tatsächlich hören und verstehen kann: »Ja, ich bin gemeint – ich soll, darf aufstehen, zum ersten Mal, nach 38 Jahren allein aufstehen, mein Bett nehmen und gehen.«
Durch wie viele Wände und Nebel von negativer Erfahrung mit Menschen und wohl auch mit der Kirche muss dieser Satz Jesu bei uns dringen, bis wir ihn tatsächlich hören und in Bewegung kommen: »Ja, ich, ich bin gemeint, nicht meine Nachbarin, nicht mein Hintermann, sondern ich darf, soll aufwachen, aufstehen und neu beginnen zu leben.«

»Steh auf, nimm dein Bett und geh!« Jesus möchte unseren Blick weglenken, weg von dem, worauf alle starren, weg von dem, was mich runterdrückt und fesselt, hin zu dem, was sein könnte, was mich belebt und inspiriert, hin zu einem neu erwachten, verbindlichen Lebensstil, offen für mich selbst, meine Träume und Fragen, offen für andere, die mit mir unterwegs sein wollen und unterwegs sind.
Das könnte sein, das könnte auch ganz klein anfangen: Weg vom Fernseher hin zu dem Gesicht des Menschen, der mir nahe sein möchte, weg von den vielen Fragen und Selbstzweifeln hin zu einem schönen Buch, das mich auf andere Gedanken bringt.
Das könnte sein: Weg von den quengelnden Selbstgesprächen hin zu

einem Gebet: »Danke Jesus, dass du mich nicht vergessen hast, danke, dass du nach all den Jahren immer noch und immer wieder da bist, stehen bleibst und mir zuhörst. Danke, dass du mich wachrüttelst. Bitte hilf mir neu und wach zu leben! Amen.«

»Steh auf, nimm dein Bett und geh!«
Weil der Kranke offen war für die Worte und Gegenwart Jesu, konnte er gesund werden und gemeinsam mit vielen sich auf den Weg machen, konnte er »aus heiterem Himmel« aufbrechen aus der unverbindlichen Zweckgemeinschaft der vielen Kranken, heraus, hinein in die Verbindlichkeit von Schwestern und Brüdern der christlichen Gemeinde. Komm und folge Jesus nach!

Letzte Worte (Predigt)

»Gute Nacht, Freunde, es wird Zeit für mich zu gehn. Was ich noch zu sagen hätte, dauert eine Zigarette und ein letztes Glas im Stehn ...« Oft ist es so: Letzte Worte sind entscheidende Worte – unter dem Eindruck, nun ist nur noch ganz wenig Zeit, bündeln wir mitunter unsere Aussagen und werden ganz elementar. Bei Hausbesuchen habe ich das schon genau so erlebt: Da sitzt man zusammen, trinkt eine Tasse Kaffee und plaudert, meist habe ich noch eine Karte mit einem Bibelwort dabei und spreche ein Gebet, und während ich mich dann aufmache und gehen möchte, gewissermaßen schon auf dem Flur, kommt dann manchmal der Satz: »Ach, Herr Pfarrer, was ich Sie noch fragen wollte ...« oder »... was ich Ihnen noch unbedingt sagen muss ...« Unter dem Druck oder besser unter dem Eindruck: »Jetzt ist nicht mehr viel Zeit, wenn ich das, was mir auf der Seele brennt, noch sagen möchte, dann muss ich es jetzt tun«, kommen wir mitunter noch einmal ganz direkt und klar auf das zu sprechen, was uns bewegt und unter den Nägeln brennt. Aus diesem Grund sind die letzten Worte eines Menschen so geachtet.
Auf dem Sterbebett kommen manchmal auf einmal Wahrheiten zutage, die ein ganzes Leben lang verschüttet waren. Im Angesicht der letzten noch verbleibenden Minuten kann es passieren, dass wir den Mut finden, Dinge zu sagen und zu tun, für die wir 30 Jahre lang zu stolz oder zu feige waren. Wie gut ist es, wenn am Bett eines Sterbenden noch Versöhnung stattfinden kann, wie elementar sind die letzten Tränen, die dort noch gemeinsam geweint werden, und wie trostvoll sind letzte Umarmungen. Wie gut, wenn wir es schaffen, einen geliebten Menschen auch in dieser schweren und letzten Stunde zu begleiten. Wie gut, wenn wir sie achten und hören, die letzten Worte eines Menschen.

Der Evangelist Matthäus hat uns als »letzte Worte« des auferstandenen Jesus folgende Botschaft übermittelt: »Mir ist gegeben alle Gewalt im Himmel und auf Erden. Darum geht hin und macht zu Jüngern alle Völker: Tauft sie auf den Namen des Vaters und des Sohnes und des Heiligen Geistes und lehrt sie halten alles, was ich euch befohlen habe. Und siehe, ich bin bei euch alle Tage bis an der Welt Ende.«

»Geht hin und macht zu Jüngern alle Völker.« Oh, und schon schwillt uns der Kamm, sofort haben wir Jahrhunderte von Missionsgeschichte im Hinterkopf, in deren Rahmen das Kreuz und der Name Jesu aufs Schändlichste missbraucht wurde, um andere Völker zu unterdrücken, auszurotten und den übrig gebliebenen Rest zu »christianisieren«. »Ganze Kulturen wurden im Namen des Christentums ausgelöscht – welch eine unglaubliche Arroganz« (Rüdiger Nehberg). Dieses kirchengeschichtliche Schreckensbild hängt uns so in den Knochen, dass viele von uns den Begriff Mission wie einen Affront empfinden und ihn gerne historisch los wären und aktuell am liebsten ganz fallen lassen würden.

Sollte es sich hier um eines jener verheerenden letzten Worte handeln, die einer kurz vor seinem irdischen Abschied hinterlassen hat und mit dem sich die Hinterbliebenen dann mehr oder weniger ratlos herumschlagen müssen: »Ja, er hat's halt so gewollt.« Ein befreundeter Pianist musste seinem bigotten Vater auf dem Sterbebett versprechen, dass er niemals Unterhaltungsmusik spielen würde. Dieses Versprechen begleitete ihn fast wie ein Fluch sein ganzes Leben lang. »Ja, so hat er's halt gewollt!«

Wir vergessen dabei vielleicht allzu schnell, dass auch wir hier – Nachfahren germanischer Stämme – uns vielleicht noch mit Schweineknochen würfelnd unter Wotans Eiche versammeln würden, wären da nicht dermaleinst Missionare ausgezogen, um uns zu

Jüngerinnen und Jüngern des Auferstandenen zu machen. »Alle Völker«, damit sind zuerst und vor allem alle außer dem jüdischen Volk selbst gemeint, aus jüdischer Sicht: die sogenannten Heiden.

»Geht hin!« »Poreuthentes« steht da im Urtext, und das kommt von dem griechischen Verbum »poreuomai«, und das bedeutet »gehen, reisen«, aber auch »fortgehen und sterben«. Und es bedeutet auch »einen Lebenswandel führen« – ethymologisch gesehen schließt sich der sprachliche Kreis zwischen »leben« und »gehen«, wenn wir heute noch einander fragen: »Wie geht es dir? Wie gehst du so durch's Leben? Wie geht das Leben mit dir um?«

Wenn wir also dieses »Geht hin!« in seiner komplexen Bedeutung ernst nehmen, dann funkelt es neu auf und wird gleichzeitig zu einer frischen und unbequemen Anfrage an uns selbst: »Geht hin und lebt so, dass andere zu Jüngern werden. Geht mit eurem Leben so um, dass andere staunen und auch so leben wollen!« Tun wir das? Leben wir so, entfaltet sich in unseren Familien und unseren Gemeinden ein Leben, das anders ist – liebevoller, irgendwie bunter, toleranter und freier?
Ist die Kirche Jesu Christi ein spannender Gegenentwurf zu einer dem Konsum und Profit unterworfenen Gesellschaft oder stimmt nicht vielmehr dieser alte Satz: »Jesus hat das Reich Gottes verkündet und was kam, war die Kirche.«?
Und wenn wir dieses »Geht hin« tatsächlich so ganzheitlich verstehen, wie es im biblischen Urtext nun mal angelegt ist, dann wird auch klar, dass es zunächst einmal nicht um ferne Länder und Völker in aller Welt geht, sondern zunächst einmal schlicht um jene, die unser Leben, unseren Lebensstil miterleben.

Es geht zunächst um unsere eigene Gemeinde, in der wir mit unseren unterschiedlichen Aufgaben und Begabungen ein Leben entfalten sollen und dürfen, das andere berührt und neugierig macht auf den, dem wir Jüngerinnen und Jünger sind.

»In Vielfalt leben – Gott auf der Spur sein« könnte eine Losung für uns Christen sein. Diese bunte und gelebte Vielfalt entdecke ich in unseren Gemeinden. Und wer den sogenannten Missionsbefehl Jesu brüsk als nicht mehr adäquat zurückweist, sollte zumindest so ehrlich sein und sich eingestehen, dass dahinter eine sehr unbequeme Anfrage an uns Christen im 21. Jahrhundert steht. Wir Christen stehen nicht an den innovativen Fronten, sondern sind weitgehend mit uns selbst beschäftigt, und das sind alle anderen Vereine auch.

»Geht hin und macht zu Jüngern alle Völker« hat aber natürlich auch die gesamte Welt, die Ökumene, das heißt übersetzt: die bewohnte Erde, die Menschheit im Blick, alle Völker. Und deshalb gehören Mission und Ökumene unbedingt zueinander: in Vielfalt leben – Gott auf der Spur sein. Ich freue mich über die attraktive und bunte Vielfalt einer weltweiten Christenheit, wie ich sie in den USA, in Südafrika, in Indien und in Ägypten kennenlernen durfte. Es gibt weltweit viele wachsende christliche Kirchen, mit einem ansteckenden und begeisternden Gemeindeleben. Da können wir sehr viel lernen und eigentlich nur den Ruf der paulinischen Gemeinden aufgreifen: »Kommt rüber und helft uns!«

Aber auch in der Begegnung mit anderen Religionen (und diese Begegnungen gehören unbedingt zur Ökumene) dürfen wir das Vermächtnis des Auferstandenen nicht einfach fallen lassen, indem wir die »Mission« als störenden Nebenbegriff weglassen. Ökumene ohne missionarischen Impetus (also ohne eine von der eigenen Sache begeisterte Position) ist wie ein Wachhund mit stumpfen Zähnen, der auch vom Dialogpartner nicht sonderlich ernst genommen wird. Gerade im islamisch-christlichen Dialog treffen wir mitunter auf sehr gut vorbereitete und engagierte Gesprächspartner. Ich behaupte nicht, dass die Muslime uns missionieren wollen, nein, aber ihre aufrichtige Art und ihre konsequente Lebensführung haben etwas sehr Gewinnendes. Da können wir eine Menge lernen!

Die überwiegende Zahl der muslimischen Gesprächspartner ist fest davon überzeugt, dass ihr Glaube der bessere ist, und das kommt auch genau so rüber. (Für einen Muslim ist seine Religion heilig – ein Protestant hat die Skepsis, auch der eigenen Sache gegenüber, gewissermaßen mit der theologischen Muttermilch aufgesogen.) Mission und Ökumene sind zwei Seiten ein und derselben Medaille, sie inspirieren und korrigieren einander. Die Musik und die Kultur sind neben unserer Sprache und Theologie wunderbare emotionale und internationale Brückenbauer. Singend und voller Sehnsucht fassen wir uns längst an den Händen, wo unsere Köpfe noch zögernd streiten.

Schlussgedanke: »Gute Nacht, Freunde, es wird Zeit für mich zu gehn. Was ich noch zu sagen hätte, dauert eine Zigarette und ein letztes Glas im Stehn …« Wenn es stimmt, dass wir am Ende, wenn nur noch ganz wenig Zeit ist, auf einmal ganz klar und elementar werden, dann ist es sicherlich keine schlechte Idee, letzte Worte Jesu an den Anfang eines neuen Weges zu stellen:

»Mir ist gegeben alle Gewalt im Himmel und auf Erden. Darum geht hin und macht zu Jüngern alle Völker: Tauft sie auf den Namen des Vaters und des Sohnes und des Heiligen Geistes und lehrt sie halten alles, was ich euch befohlen habe. Und siehe, ich bin bei euch alle Tage bis an der Welt Ende.«

Am Abend der Welt

Selbst in der tiefsten aller Krisen,
bist du, Gott, uns Menschen nah,
selbst am Ende unserer Tage
scheint dein Licht uns hell und klar.
Selbst am Ende unserer Tage
scheint dein Licht uns hell und klar.

Selbst im Tod schenkst du uns Leben,
schenkst uns Hoffnung, sprengst die Zeit,
drum kannst du uns aufstehn helfen
aus den Krisen unsrer Zeit.
Drum kannst du uns aufstehn helfen
aus den Krisen unsrer Zeit.